Corneille

Le Cid

Appareil pédagogique par

Laetitia Serres

professeur de Lettres

Lexique établi par

Josiane Grinfas

Classiques & Patrimoine

MAGNARD

Présentation : l'auteur, l'œuvre et son contexte

Le Cid de Corneille

Étude de l'œuvre : séances

Sommaire

Présentation : l'auteur, l'œuvre et son contexte

Pierre Corneille (1606-1684)

Pierre Corneille domine toute la vie théâtrale du XVIIe siècle grâce à la variété des formes théâtrales auxquelles il s'est exercé – comédie, tragi-comédie, tragédie – ainsi que par la diversité de son inspiration.

Corneille naît à Rouen dans une famille de magistrats, et fait lui-même des études de droit. Il mène une vie discrète de notable provincial, se marie en 1640, a sept enfants et, même au faîte de sa gloire, il passe l'essentiel de son temps en Normandie.

Cette vie tranquille offre un contraste surprenant avec l'énergie, la grandeur, l'orgueil et l'exaltation des grands héros cornéliens, comme Rodrigue, Horace, Cinna.

La première partie de la carrière de Corneille, de 1629 à 1651, est jalonnée de succès immenses. Le théâtre, à cette période, n'est pas encore dominé par le discours critique sur les règles qui doivent régir l'organisation de chaque pièce, en particulier la règle des trois unités, unités de temps, de lieu et d'action, ce qui permet à Corneille de se montrer toujours novateur. Sa première pièce, une comédie, *Mélite*, en 1629, lui apporte déjà les faveurs du public. Sa tragi-comédie *Le Cid* est un triomphe et marque l'ouverture de quarante ans de chefs-d'œuvre, des comédies de Molière aux tragédies de Racine, dont *Phèdre*, en 1677. La première représentation du Cid a lieu en décembre 1636 ou en janvier 1637 (une ambiguïté subsiste sur cette date). Corneille se consacre ensuite à la tragédie, dont les plus célèbres sont *Horace* (1640), *Cinna* (1641), *Polyeucte* (1642), *Nicomède* (1651). L'échec de *Pertharite* en 1651 le conduit à s'effacer de la scène à laquelle il ne revient qu'en 1659, avec *Œdipe*.

La deuxième partie de sa carrière est moins glorieuse, car son œuvre souffre, auprès du public, de la gloire de Racine. Il achève cependant sa carrière par un dernier succès, *Suréna*, en 1674.

Statue équestre en bronze du Cid,
Rodrigo Diaz de Vivar (1043-1099),
chevalier espagnol, héros de la Reconquista.
Sculpture réalisée par Juan Cristobal Gonzalez Quesada (1897-1961), Burgos, Espagne.

Présentation : l'auteur, l'œuvre et son contexte

Le Cid (1636-1637)

Le Cid illustre à lui seul la notion de choix cornélien : Rodrigue, jeune homme valeureux, amoureux de Chimène, doit-il venger l'honneur de son père humilié par le Comte, le père de sa fiancée, et perdre ainsi son amour, ou doit-il perdre son honneur ? Une fois le Comte tué en duel par Rodrigue, un autre dilemme naît pour Chimène : doit-elle venger son père et son honneur

Contexte historique et culturel

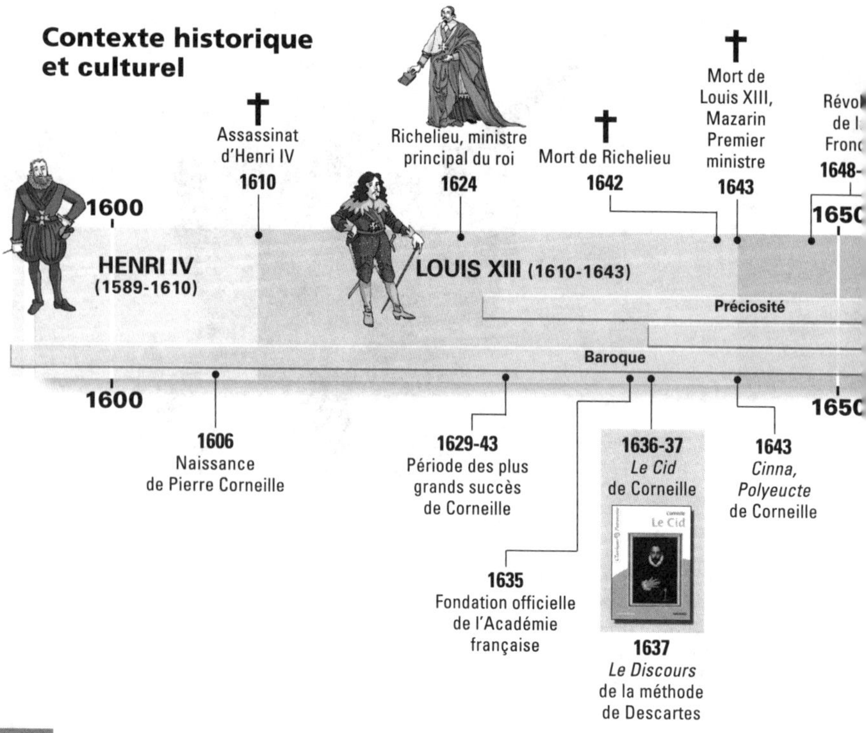

ou perdre son amour ? Comment exiger la mort de Rodrigue, sauveur de l'Espagne face à l'attaque des Maures ?

Le Cid déclenche une grande querelle entre les adversaires de Corneille et ce dernier car on lui reproche le manque d'originalité de sa pièce, inspirée de l'œuvre espagnole de Guillén de Castille et son mépris des règles théâtrales.

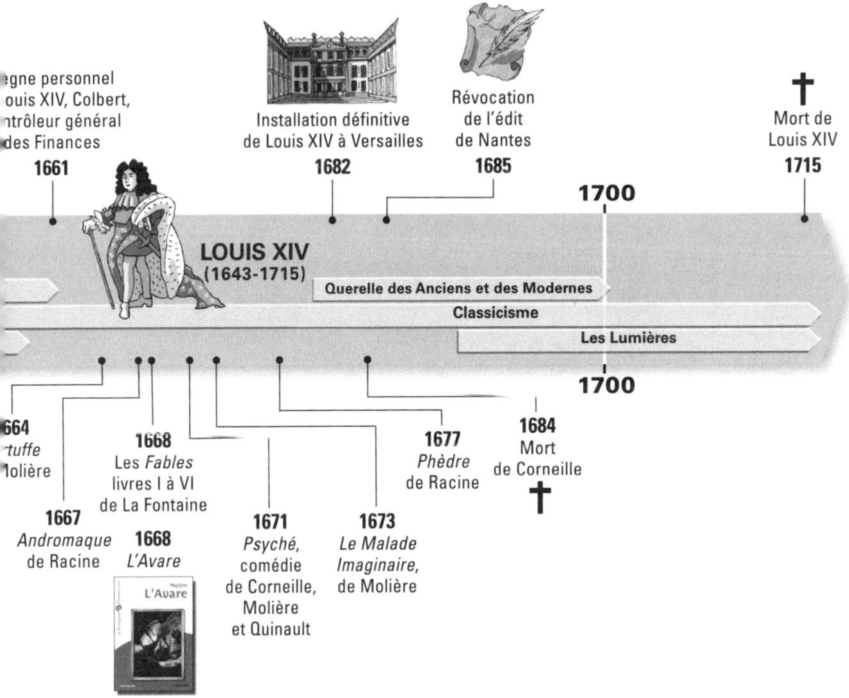

Le Cid de Corneille

PERSONNAGES

DON FERNAND : premier roi de Castille
DOÑA URRAQUE : Infante de Castille
DON DIÈGUE : père de Rodrigue
DON GOMÈS : comte de Gormas, père de Chimène
DON RODRIGUE : amant de Chimène
DON SANCHE : amoureux de Chimène
DON ARIAS : gentilhomme castillan
DON ALONSE : gentilhomme castillan
CHIMÈNE : fille de don Gomès
LÉONOR : gouvernante de l'Infante
ELVIRE : gouvernante de Chimène
Un page de l'Infante.

La scène est à Séville.

Acte I

Scène 1

CHIMÈNE, ELVIRE

Chez Chimène.

CHIMÈNE

Elvire, m'as-tu fait un rapport bien sincère ?
Ne déguises-tu rien de ce qu'a dit mon père ?

ELVIRE

Tous mes sens à moi-même en sont encor[1] charmés :
Il estime Rodrigue autant que vous l'aimez,
Et si je ne m'abuse à lire dans son âme,
Il vous commandera de répondre à sa flamme.

CHIMÈNE

Dis-moi donc, je te prie, une seconde fois
Ce qui te fait juger qu'il approuve mon choix ;
Apprends-moi de nouveau quel espoir j'en dois prendre ;
Un si charmant discours ne se peut trop entendre ;
Tu ne peux trop promettre aux feux de notre amour
La douce liberté de se montrer au jour
Que t'a-t-il répondu sur la secrète brigue[2]
Que font auprès de toi don Sanche et don Rodrigue ?

Vocabulaire

1. *Encor :* variante orthographique de « encore », utilisée en poésie.

2. *Brigue :* demande appuyée.

N'as-tu point trop fait voir quelle inégalité
Entre ces deux amants me penche d'un côté ?

ELVIRE

Non, j'ai peint votre cœur dans une indifférence
Qui n'enfle d'aucun d'eux ni détruit l'espérance,
Et sans les voir d'un œil trop sévère ou trop doux,
Attend l'ordre d'un père à choisir un époux.
Ce respect l'a ravi, sa bouche et son visage
M'en ont donné sur l'heure un digne témoignage,
Et puisqu'il vous en faut encor faire un récit,
Voici d'eux et de vous ce qu'en hâte il m'a dit :
« Elle est dans le devoir, tous deux sont dignes d'elle,
Tous deux formés d'un sang noble, vaillant[1], fidèle,
Jeunes, mais qui font lire aisément dans leurs yeux
L'éclatante vertu de leurs braves aïeux.
Don Rodrigue surtout n'a trait en son visage
Qui d'un homme de cœur[2] ne soit la haute image,
Et sort d'une maison[3] si féconde[4] en guerriers,
Qu'ils y prennent naissance au milieu des lauriers[5].
La valeur de son père, en son temps sans pareille,
Tant qu'a duré sa force, a passé pour merveille ;
Ses rides sur son front ont gravé ses exploits,
Et nous disent encor ce qu'il fut autrefois.
Je me promets du fils ce que j'ai vu du père ;

Vocabulaire
1. *Vaillant :* courageux.
2. *Cœur :* courage.
3. *Maison :* famille.
4. *Féconde :* riche.
5. *Lauriers :* symbole de gloire.

Et ma fille, en un mot, peut l'aimer et me plaire. »
Il allait au conseil[1], dont l'heure qui pressait
A tranché ce discours qu'à peine il commençait ;
Mais à ce peu de mots je crois que sa pensée
Entre vos deux amants n'est pas fort balancée.
Le roi doit à son fils élire[2] un gouverneur,
Et c'est lui que regarde un tel degré d'honneur ;
Ce choix n'est pas douteux, et sa rare vaillance[3]
Ne peut souffrir qu'on craigne aucune concurrence.
Comme ses hauts exploits le rendent sans égal,
Dans un espoir si juste il sera sans rival ;
Et puisque don Rodrigue a résolu[4] son père
Au sortir du conseil à proposer l'affaire,
Je vous laisse à juger s'il prendra bien son temps,
Et si tous vos désirs seront bientôt contents.

CHIMÈNE

Il semble toutefois que mon âme troublée
Refuse cette joie, et s'en trouve accablée :
Un moment donne au sort des visages divers,
Et dans ce grand bonheur je crains un grand revers.

ELVIRE

Vous verrez cette crainte heureusement déçue.

CHIMÈNE

Allons, quoi qu'il en soit, en attendre l'issue.

Vocabulaire

1. *Conseil :* réunion des conseillers du roi.
2. *Élire :* choisir.
3. *Vaillance :* courage.
4. *Résolu :* décidé.

Scène 2

L'INFANTE, LÉONOR, LE PAGE

L'INFANTE

Page, allez avertir Chimène de ma part
Qu'aujourd'hui pour me voir elle attend un peu tard,
Et que mon amitié se plaint de sa paresse.
(*Le page rentre.*)

LÉONOR

Madame, chaque jour même désir vous presse ;
Et dans son entretien je vous vois chaque jour
Demander en quel point se trouve son amour.

L'INFANTE

Ce n'est pas sans sujet : je l'ai presque forcée
À recevoir les traits[1] dont son âme est blessée.
Elle aime don Rodrigue, et le tient de ma main,
Et par moi don Rodrigue a vaincu son dédain[2] ;
Ainsi de ces amants ayant formé les chaînes,
Je dois prendre intérêt à voir finir leurs peines.

LÉONOR

Madame, toutefois parmi leurs bons succès
vous montrez un chagrin qui va jusqu'à l'excès.
Cet amour, qui tous deux les comble d'allégresse[3],

Vocabulaire

1. *Traits :* flèches, métaphore classique des effets de l'amour.
2. *Dédain :* mépris.
3. *Allégresse :* joie intense.

Fait-il de ce grand cœur la profonde tristesse,
Et ce grand intérêt que vous prenez pour eux
Vous rend-il malheureuse alors qu'ils sont heureux ?
Mais je vais trop avant, et deviens indiscrète.

L'INFANTE

Ma tristesse redouble à la tenir secrète.
Écoute, écoute enfin comme j'ai combattu,
Écoute quels assauts brave encore ma vertu.
L'amour est un tyran qui n'épargne personne :
Ce jeune cavalier cet amant que je donne,
Je l'aime.

LÉONOR

Vous l'aimez !

L'INFANTE

Mets la main sur mon cœur,
Et vois comme il se trouble au nom de son vainqueur,
Comme il le reconnaît.

LÉONOR

Pardonnez-moi, Madame,
Si je sors du respect pour blâmer[1] cette flamme.
Une grande princesse à ce point s'oublier
Que d'admettre en son cœur un simple cavalier !
Et que dirait le roi ? que dirait la Castille ?
Vous souvient-il encor de qui vous êtes fille ?

Vocabulaire
1. *Blâmer :* condamner.

L'INFANTE

Il m'en souvient si bien que j'épandrai[1] mon sang
Avant que je m'abaisse à démentir[2] mon rang[3].
Je te répondrais bien que dans les belles âmes
Le seul mérite a droit de produire des flammes[4] ;
Et si ma passion cherchait à s'excuser,
Mille exemples fameux[5] pourraient l'autoriser ;
Mais je n'en veux point suivre où ma gloire[6] s'engage ;
La surprise des sens n'abat point mon courage ;
Et je me dis toujours qu'étant fille de roi,
Tout autre qu'un monarque est indigne de moi.
Quand je vis que mon cœur ne se pouvait défendre,
Moi-même je donnai ce que je n'osais prendre.
Je mis, au lieu de moi, Chimène en ses liens,
Et j'allumai leurs feux[7] pour éteindre les miens.
Ne t'étonne donc plus si mon âme gênée
Avec impatience attend leur hyménée[8] ;
Tu vois que mon repos en dépend aujourd'hui.
Si l'amour vit d'espoir, il périt[9] avec lui ;
C'est un feu qui s'éteint, faute de nourriture ;
Et malgré la rigueur de ma triste aventure,
Si Chimène a jamais Rodrigue pour mari,
Mon espérance est morte, et mon esprit guéri.

Vocabulaire

1. *Épandrai :* répandrai.
2. *Démentir :* ne pas respecter.
3. *Rang :* condition sociale (l'infante est l'héritière du royaume).
4. *Produire des flammes :* faire naître l'amour.
5. *Fameux :* célèbres.
6. *Gloire :* réputation.
7. *Leurs feux :* leur amour.
8. *Hyménée :* mariage.
9. *Périt :* meurt.

Je souffre cependant un tourment incroyable :
Jusques à cet hymen[1] Rodrigue m'est aimable :
Je travaille à le perdre, et le perds à regret ;
Et de là prend son cours mon déplaisir secret.
Je vois avec chagrin que l'amour me contraigne
À pousser des soupirs pour ce que je dédaigne ;
Je sens en deux partis mon esprit divisé :
Si mon courage est haut, mon cœur est embrasé ;
Cet hymen m'est fatal, je le crains et souhaite :
Je n'ose en espérer qu'une joie imparfaite.
Ma gloire et mon amour ont pour moi tant d'appas[2],
Que je meurs s'il s'achève ou ne s'achève pas.

LÉONOR

Madame, après cela je n'ai rien à vous dire,
Sinon que de vos maux avec vous je soupire :
Je vous blâmais tantôt, je vous plains à présent ;
Mais puisque dans un mal si doux et si cuisant
Votre vertu combat et son charme et sa force,
En repousse l'assaut, en rejette l'amorce[3],
Elle rendra le calme à vos esprits flottants.
Espérez donc tout d'elle, et du secours du temps ;
Espérez tout du ciel : il a trop de justice
Pour laisser la vertu dans un si long supplice.

L'INFANTE

Ma plus douce espérance est de perdre l'espoir.

Vocabulaire

1. *Hymen :* mariage.
2. *Appas :* attraits.
3. *Amorce :* commencement.

LE PAGE

Par vos commandements Chimène vous vient voir.

L'INFANTE, *à Léonor.*

Allez l'entretenir en cette galerie.

LÉONOR

Voulez-vous demeurer dedans la rêverie ?

L'INFANTE

Non, je veux seulement, malgré mon déplaisir,
Remettre mon visage un peu plus à loisir.
Je vous suis. Juste ciel, d'où j'attends mon remède,
Mets enfin quelque borne[1] au mal qui me possède,
Assure mon repos, assure mon honneur.
Dans le bonheur d'autrui je cherche mon bonheur
Cet hyménée à trois également importe ;
Rends son effet plus prompt, ou mon âme plus forte.
D'un lien conjugal joindre ces deux amants,
C'est briser tous mes fers et finir mes tourments.
Mais je tarde un peu trop, allons trouver Chimène,
Et par son entretien soulager notre peine.

Vocabulaire
1. *Borne* : limite.

Scène 3

LE COMTE, DON DIÈGUE

LE COMTE

Enfin vous l'emportez, et la faveur du Roi
Vous élève en un rang qui n'était dû qu'à moi :
Il vous fait gouverneur du prince de Castille.

DON DIÈGUE

Cette marque d'honneur qu'il met dans ma famille
Montre à tous qu'il est juste, et fait connaître assez
Qu'il sait récompenser les services passés.

LE COMTE

Pour grands que soient les rois, ils sont ce que nous sommes :
Ils peuvent se tromper comme les autres hommes ;
Et ce choix sert de preuve à tous les courtisans
Qu'ils savent mal payer les services présents.

DON DIÈGUE

Ne parlons plus d'un choix dont votre esprit s'irrite :
La faveur l'a pu faire autant que le mérite ;
Mais on doit ce respect au pouvoir absolu,
De n'examiner rien quand un roi l'a voulu.
À l'honneur qu'il m'a fait ajoutez-en un autre ;
Joignons d'un sacré nœud[1] ma maison à la vôtre :
Vous n'avez qu'une fille, et moi je n'ai qu'un fils ;

Vocabulaire
1. *Un sacré nœud :* le mariage.

Leur hymen nous peut rendre à jamais plus qu'amis :
Faites-nous cette grâce, et l'acceptez pour gendre.

LE COMTE

À des partis plus hauts ce beau fils doit prétendre ;
Et le nouvel éclat de votre dignité
Lui doit enfler le cœur d'une autre vanité.
Exercez-la, monsieur, et gouvernez le Prince ;
Montrez-lui comme il faut régir[1] une province,
Faire trembler partout les peuples sous la loi,
Remplir les bons d'amour et les méchants d'effroi.
Joignez à ces vertus celles d'un capitaine :
Montrez-lui comme il faut s'endurcir à la peine,
Dans le métier de Mars[2] se rendre sans égal,
Passer les jours entiers et les nuits à cheval,
Reposer tout armé, forcer une muraille,
Et ne devoir qu'à soi le gain d'une bataille.
Instruisez-le d'exemple, et rendez-le parfait,
Expliquant à ses yeux vos leçons par l'effet.

DON DIÈGUE

Pour s'instruire d'exemple, en dépit de l'envie[3],
Il lira seulement l'histoire de ma vie.
Là, dans un long tissu de belles actions,
Il verra comme il faut dompter des nations,

Vocabulaire

1. *Régir :* diriger.
2. *Le métier de Mars :* le métier des armes, Mars est le dieu de la guerre dans la mythologie romaine.
3. *En dépit de l'envie :* malgré les jalousies.

Attaquer une place, ordonner une armée,
Et sur de grands exploits bâtir sa renommée.

LE COMTE

Les exemples vivants sont d'un autre pouvoir,
Un prince dans un livre apprend mal son devoir.
Et qu'a fait après tout ce grand nombre d'années,
Que ne puisse égaler une de mes journées ?
Si vous fûtes vaillant, je le suis aujourd'hui,
Et ce bras du royaume est le plus ferme appui.
Grenade et l'Aragon tremblent quand ce fer brille ;
Mon nom sert de rempart à toute la Castille :
Sans moi, vous passeriez bientôt sous d'autres lois,
Et vous auriez bientôt vos ennemis pour rois.
Chaque jour, chaque instant, pour rehausser ma gloire,
Met lauriers sur lauriers, victoire sur victoire :
Le Prince à mes côtés ferait dans les combats
L'essai de son courage à l'ombre de mon bras ;
Il apprendrait à vaincre en me regardant faire
Et pour répondre en hâte à son grand caractère,
Il verrait...

DON DIÈGUE

Je le sais, vous servez bien le Roi :
Je vous ai vu combattre et commander sous moi.
Quand l'âge dans mes nerfs a fait couler sa glace,
Votre rare valeur a bien rempli ma place ;
Enfin, pour épargner les discours superflus,
Vous êtes aujourd'hui ce qu'autrefois je fus.

Vous voyez toutefois qu'en cette concurrence
Un monarque entre nous met quelque différence.

LE COMTE

Ce que je méritais, vous l'avez emporté.

DON DIÈGUE

Qui l'a gagné sur vous l'avait mieux mérité.

LE COMTE

Qui peut mieux l'exercer en est bien le plus digne.

DON DIÈGUE

En être refusé n'en est pas un bon signe.

LE COMTE

Vous l'avez eu par brigue[1], étant vieux courtisan.

DON DIÈGUE

L'éclat de mes hauts faits fut mon seul partisan.

LE COMTE

Parlons-en mieux, le Roi fait honneur à votre âge.

DON DIÈGUE

Le Roi, quand il en[2] fait, le[3] mesure au courage.

LE COMTE

Et par là cet honneur n'était dû qu'à mon bras.

DON DIÈGUE

Qui n'a pu l'obtenir ne le méritait pas.

Vocabulaire

1. *Brigue :* calcul, intrigue.
2. *En :* remplace le mot « honneur ».
3. *Le :* remplace le mot « honneur ».

LE COMTE

Ne le méritait pas ! moi ?

DON DIÈGUE

Vous.

LE COMTE

Ton impudence[1],
Téméraire vieillard, aura sa récompense.
(Il lui donne un soufflet[2].)

DON DIÈGUE, *mettant l'épée à la main.*

Achève, et prends ma vie après un tel affront,
Le premier dont ma race ait vu rougir son front.

LE COMTE

Et que penses-tu faire avec tant de faiblesse ?

DON DIÈGUE

Ô Dieu ! ma force usée en ce besoin[3] me laisse !

LE COMTE

Ton épée est à moi ; mais tu serais trop vain[4],
Si ce honteux trophée avait chargé ma main.
Adieu ; fais lire au Prince, en dépit de l'envie,
Pour son instruction, l'histoire de ta vie :
D'un insolent discours ce juste châtiment[5]
Ne lui servira pas d'un petit ornement.

Vocabulaire

1. *Impudence :* insolence, absence de honte.
2. *Soufflet :* gifle.
3. *Besoin :* circonstance difficile.
4. *Vain :* vaniteux, fier.
5. *Châtiment :* punition.

Scène 4

DON DIÈGUE

Ô rage ! ô désespoir ! ô vieillesse ennemie !
N'ai-je donc tant vécu que pour cette infamie[1] ?
Et ne suis-je blanchi dans les travaux guerriers
Que pour voir en un jour flétrir tant de lauriers ?
Mon bras, qu'avec respect toute l'Espagne admire,
Mon bras, qui tant de fois a sauvé cet empire,
Tant de fois affermi[2] le trône de son roi,
Trahit donc ma querelle, et ne fait rien pour moi ?
Ô cruel souvenir de ma gloire passée !
Œuvre de tant de jours en un jour effacée !
Nouvelle dignité fatale à mon bonheur !
Précipice élevé d'où tombe mon honneur !
Faut-il de votre éclat voir triompher le Comte,
Et mourir sans vengeance, ou vivre dans la honte ?
Comte, sois de mon prince à présent gouverneur :
Ce haut rang n'admet point un homme sans honneur ;
Et ton jaloux orgueil par cet affront insigne[3]
Malgré le choix du Roi, m'en a su rendre indigne.
Et toi, de mes exploits glorieux instrument,
Mais d'un corps tout de glace inutile ornement,
Fer[4] jadis tant à craindre, et qui, dans cette offense,
M'as servi de parade, et non pas de défense,

Vocabulaire
1. *Infamie :* déshonneur.
2. *Affermi :* consolidé.
3. *Insigne :* terrible.
4. *Fer :* épée.

Va, quitte désormais le dernier des humains,
Passe, pour me venger en de meilleures mains.

Scène 5

Don Diègue, Don Rodrigue

Don Diègue

Rodrigue, as-tu du cœur ?

Don Rodrigue

Tout autre que mon père
L'éprouverait sur l'heure.

Don Diègue

Agréable colère !
Digne ressentiment à ma douleur bien doux !
Je reconnais mon sang à ce noble courroux[1] ;
Ma jeunesse revit en cette ardeur si prompte.
Viens, mon fils, viens, mon sang, viens réparer ma honte ;
Viens me venger.

Don Rodrigue

De quoi ?

Don Diègue

D'un affront si cruel,
Qu'à l'honneur de tous deux il porte un coup mortel :
D'un soufflet. L'insolent en eût perdu la vie ;

Vocabulaire
1. *Courroux :* colère.

Mais mon âge a trompé ma généreuse envie ;
Et ce fer que mon bras ne peut plus soutenir,
Je le remets au tien pour venger et punir.
Va contre un arrogant éprouver ton courage :
Ce n'est que dans le sang qu'on lave un tel outrage ;
Meurs ou tue. Au surplus, pour ne te point flatter,
Je te donne à combattre un homme à redouter :
Je l'ai vu, tout couvert de sang et de poussière,
Porter partout l'effroi dans une armée entière.
J'ai vu par sa valeur cent escadrons[1] rompus[2] ;
Et pour t'en dire encore quelque chose de plus,
Plus que brave soldat, plus que grand capitaine,
C'est...

DON RODRIGUE

De grâce, achevez.

DON DIÈGUE

Le père de Chimène.

DON RODRIGUE

Le...

DON DIÈGUE

Ne réplique point, je connais ton amour,
Mais qui peut vivre infâme[3] est indigne du jour.
Plus l'offenseur est cher, et plus grande est l'offense.
Enfin tu sais l'affront, et tu tiens la vengeance.

Vocabulaire

1. *Escadrons :* bataillons.
2. *Rompus :* battus.
3. *Infâme :* déshonoré.

Je ne te dis plus rien. Venge-moi, venge-toi ;
Montre-toi digne fils d'un père tel que moi.
Accablé des malheurs où le destin me range,
Je vais les déplorer[1]. Va, cours, vole, et nous venge.

Scène 6

DON RODRIGUE

DON RODRIGUE

Percé jusques au fond du cœur
D'une atteinte imprévue aussi bien que mortelle,
Misérable[2] vengeur d'une juste querelle,
Et malheureux objet d'une injuste rigueur,
Je demeure immobile, et mon âme abattue
Cède au coup qui me tue.
Si près de voir mon feu récompensé,
Ô Dieu, l'étrange peine !
En cet affront mon père est l'offensé,
Et l'offenseur le père de Chimène !

Que je sens de rudes combats !
Contre mon propre honneur mon amour s'intéresse :
Il faut venger un père, et perdre une maîtresse :
L'un m'anime le cœur, l'autre retient mon bras.
Réduit au triste choix ou de trahir ma flamme,

Vocabulaire
1. *Déplorer :* pleurer.
2. *Misérable :* malheureux.

Ou de vivre en infâme,
Des deux côtés mon mal est infini.
Ô Dieu, l'étrange peine !
Faut-il laisser un affront impuni ?
Faut-il punir le père de Chimène ?

Père, maîtresse, honneur, amour,
Noble et dure contrainte, aimable tyrannie,
Tous mes plaisirs sont morts, ou ma gloire ternie.
L'un me rend malheureux, l'autre indigne du jour.
Cher et cruel espoir d'une âme généreuse[1],
Mais ensemble amoureuse,
Digne ennemi de mon plus grand bonheur,
Fer qui cause ma peine,
M'es-tu donné pour venger mon honneur ?
M'es-tu donné pour perdre ma Chimène ?

Il vaut mieux courir au trépas[2].
Je dois[3] à ma maîtresse aussi bien qu'à mon père ;
J'attire en me vengeant sa haine et sa colère ;
J'attire ses mépris en ne me vengeant pas.
À mon plus doux espoir l'un me rend infidèle,
Et l'autre indigne d'elle.
Mon mal augmente à le vouloir guérir ;
Tout redouble ma peine.

Vocabulaire
1. *Généreuse :* noble.
2. *Trépas :* mort.
3. *Je dois :* j'ai des devoirs envers.

Allons, mon âme ; et puisqu'il faut mourir,
Mourons du moins sans offenser Chimène.

Mourir sans tirer ma raison !
Rechercher un trépas si mortel à ma gloire !
Endurer[1] que l'Espagne impute[2] à ma mémoire[3]
D'avoir mal soutenu l'honneur de ma maison !
Respecter un amour dont mon âme égarée
Voit la perte assurée !
N'écoutons plus ce penser suborneur[4],
Qui ne sert qu'à ma peine.
Allons, mon bras, sauvons du moins l'honneur,
Puisqu'après tout il faut perdre Chimène.

Oui, mon esprit s'était déçu[5].
Je dois tout à mon père avant qu'à ma maîtresse :
Que je meure au combat, ou meure de tristesse,
Je rendrai mon sang pur comme je l'ai reçu.
Je m'accuse déjà de trop de négligence ;
Courons à la vengeance ;
Et tout honteux d'avoir tant balancé,
Ne soyons plus en peine,
Puisqu'aujourd'hui mon père est l'offensé,
Si l'offenseur est père de Chimène.

Vocabulaire

1. *Endurer :* supporter.
2. *Impute :* attribue.
3. *Ma mémoire :* à mon souvenir, après ma mort.
4. *Suborneur :* trompeur.
5. *Déçu :* égaré.

ACTE II

SCÈNE 1

DON ARIAS, LE COMTE

Une salle du palais.

LE COMTE

Je l'avoue entre nous, mon sang un peu trop chaud
S'est trop ému d'un mot et l'a porté trop haut ;
Mais puisque c'en est fait, le coup est sans remède.

DON ARIAS

Qu'aux volontés du Roi ce grand courage cède :
Il y prend grande part, et son cœur irrité
Agira contre vous de pleine autorité.
Aussi vous n'avez point de valable défense :
Le rang de l'offensé, la grandeur de l'offense,
Demandent des devoirs et des submissions[1]
Qui passent le commun des satisfactions.

LE COMTE

Le Roi peut à son gré disposer de ma vie.

DON ARIAS

De trop d'emportement[2] votre faute est suivie.
Le Roi vous aime encore ; apaisez son courroux.

Vocabulaire
1. *Submissions :* soumissions. **2.** *Emportement :* colère.

Il a dit : « Je le veux » ; désobéirez-vous ?

LE COMTE

Monsieur, pour conserver tout ce que j'ai d'estime,
Désobéir un peu n'est pas un si grand crime ;
Et quelque grand qu'il soit, mes services présents
Pour le faire abolir[1] sont plus que suffisants.

DON ARIAS

Quoi qu'on fasse d'illustre[2] et de considérable,
Jamais à son sujet un roi n'est redevable.
Vous vous flattez beaucoup, et vous devez savoir
Que qui sert bien son roi ne fait que son devoir.
Vous vous perdrez, monsieur, sur cette confiance.

LE COMTE

Je ne vous en croirai qu'après l'expérience.

DON ARIAS

Vous devez redouter la puissance d'un roi.

LE COMTE

Un jour seul ne perd pas un homme tel que moi.
Que toute sa grandeur s'arme pour mon supplice,
Tout l'État périra, s'il faut que je périsse.

DON ARIAS

Quoi ! vous craignez si peu le pouvoir souverain…

Vocabulaire
1. *Abolir :* pardonner.
2. *Illustre :* extraordinaire.

LE COMTE

D'un sceptre[1] qui sans moi tomberait de sa main.
Il a trop d'intérêt lui-même en ma personne,
Et ma tête en tombant ferait choir[2] sa couronne.

DON ARIAS

Souffrez que la raison remette vos esprits.
Prenez un bon conseil.

LE COMTE

Le conseil[3] en est pris.

DON ARIAS

Que lui dirai-je enfin ? je lui dois rendre conte[4].

LE COMTE

Que je ne puis du tout consentir à ma honte.

DON ARIAS

Mais songez que les rois veulent être absolus.

LE COMTE

Le sort en est jeté, Monsieur, n'en parlons plus.

DON ARIAS

Adieu donc, puisqu'en vain je tâche à vous résoudre,
Avec tous vos lauriers, craignez encore le foudre[5].

LE COMTE

Je l'attendrai sans peur.

Vocabulaire

1. *Sceptre :* emblème du pouvoir royal.
2. *Choir :* tomber.
3. *Conseil :* résolution.
4. *Conte :* compte.
5. *Le foudre :* la foudre, la colère.

DON ARIAS

Mais non pas sans effet.

LE COMTE

Nous verrons donc par là don Diègue satisfait.
(*Il est seul.*)
Qui ne craint point la mort ne craint point les menaces.
J'ai le cœur au-dessus des plus fières disgrâces[1] ;
Et l'on peut me réduire à vivre sans bonheur,
Mais non pas me résoudre à vivre sans honneur.

Scène 2

LE COMTE, DON RODRIGUE

La place devant le palais royal.

DON RODRIGUE

À moi, Comte, deux mots.

LE COMTE

Parle.

DON RODRIGUE

Ôte-moi d'un doute.
Connais-tu bien don Diègue ?

LE COMTE

Oui.

Vocabulaire
1. *Fières disgrâces :* cruelles défaveurs.

DON RODRIGUE

Parlons bas ; écoute.
Sais-tu que ce vieillard fut la même vertu[1],
La vaillance et l'honneur de son temps ? le sais-tu ?

LE COMTE

Peut-être.

DON RODRIGUE

Cette ardeur que dans les yeux je porte,
Sais-tu que c'est son sang ? le sais-tu ?

LE COMTE

Que m'importe ?

DON RODRIGUE

À quatre pas d'ici je te le fais savoir.

LE COMTE

Jeune présomptueux[2] !

DON RODRIGUE

Parle sans t'émouvoir.
Je suis jeune, il est vrai ; mais aux âmes bien nées
La valeur n'attend point le nombre des années.

LE COMTE

Te mesurer à moi ! qui t'a rendu si vain,
Toi qu'on n'a jamais vu les armes à la main ?

Vocabulaire
1. *La même vertu :* le courage même. **2.** *Présomptueux :* arrogant.

DON RODRIGUE

Mes pareils à deux fois ne se font point connaître,
Et pour leurs coups d'essai veulent des coups de maître.

LE COMTE

Sais-tu bien qui je suis ?

DON RODRIGUE

Oui ; tout autre que moi
Au seul bruit de ton nom pourrait trembler d'effroi.
Les palmes[1] dont je vois ta tête si couverte
Semblent porter écrit le destin de ma perte.
J'attaque en téméraire[2] un bras toujours vainqueur,
Mais j'aurai trop de force, ayant assez de cœur.
À qui venge son père il n'est rien impossible.
Ton bras est invaincu, mais non pas invincible.

LE COMTE

Ce grand cœur qui paraît aux discours que tu tiens
Par tes yeux, chaque jour, se découvrait aux miens ;
Et croyant voir en toi l'honneur de la Castille,
Mon âme avec plaisir te destinait ma fille.
Je sais ta passion, et suis ravi[3] de voir
Que tous ses mouvements cèdent à ton devoir ;
Qu'ils n'ont point affaibli cette ardeur magnanime[4] ;
Que ta haute vertu répond à mon estime ;

Vocabulaire

1. *Palmes :* symbole de gloire.
2. *Téméraire :* audacieux.
3. *Ravi :* admiratif.
4. *Magnanime :* généreuse.

Et que, voulant pour gendre un cavalier parfait,
Je ne me trompais point au choix que j'avais fait ;
Mais je sens que pour toi ma pitié s'intéresse[1] ;
J'admire ton courage, et je plains ta jeunesse.
Ne cherche point à faire un coup d'essai fatal ;
Dispense ma valeur d'un combat inégal ;
Trop peu d'honneur pour moi suivrait cette victoire.
À vaincre sans péril, on triomphe sans gloire.
On te croirait toujours abattu sans effort ;
Et j'aurais seulement le regret de ta mort.

DON RODRIGUE

D'une indigne pitié ton audace est suivie :
Qui m'ose ôter l'honneur craint de m'ôter la vie !

LE COMTE

Retire-toi d'ici.

DON RODRIGUE

Marchons sans discourir[2].

LE COMTE

Es-tu si las de vivre ?

DON RODRIGUE

As-tu peur de mourir ?

LE COMTE

Viens, tu fais ton devoir et le fils dégénère[3]
Qui[4] survit un moment à l'honneur de son père.

Vocabulaire

1. *S'intéresse :* prend parti.
2. *Discourir :* discuter.
3. *Dégénère :* perd sa valeur.
4. *Qui :* s'il.

Scène 3

L'INFANTE, CHIMÈNE, LÉONOR

Chez l'Infante.

L'INFANTE

Apaise, ma Chimène, apaise ta douleur :
Fais agir ta constance[1] en ce coup de malheur.
Tu reverras le calme après ce faible orage,
Ton bonheur n'est couvert que d'un peu de nuage,
Et tu n'as rien perdu pour le voir différer.

CHIMÈNE

Mon cœur outré d'ennuis[2] n'ose rien espérer.
Un orage si prompt qui trouble une bonace[3]
D'un naufrage certain nous porte la menace :
Je n'en saurais douter, je péris dans le port[4].
J'aimais, j'étais aimée, et nos pères d'accord ;
Et je vous en contais la charmante nouvelle
Au malheureux moment que naissait leur querelle,
Dont le récit fatal, sitôt qu'on vous l'a fait,
D'une si douce attente a ruiné l'effet[5].
Maudite ambition, détestable manie,
Dont les plus généreux souffrent la tyrannie !
Honneur impitoyable[6] à mes plus chers désirs,
Que tu me vas coûter de pleurs et de soupirs !

Vocabulaire

1. *Constance :* calme, force d'esprit.
2. *Outré d'ennuis :* pris par beaucoup d'ennuis.
3. *Bonace :* calme de la mer.
4. *Je péris dans le port :* je meurs au moment où je croyais avoir atteint le bonheur.
5. *Effet :* espoir.
6. *Impitoyable :* sans pitié.

L'INFANTE

Tu n'as dans leur querelle aucun sujet de craindre :
Un moment l'a fait naître, un moment va l'éteindre.
Elle a fait trop de bruit pour ne pas s'accorder[1],
Puisque déjà le Roi les veut accommoder[2] ;
Et tu sais que mon âme, à tes ennuis sensible,
Pour en tarir la source y fera l'impossible.

CHIMÈNE

Les accommodements[3] ne font rien en ce point :
De si mortels affronts ne se réparent point.
En vain on fait agir la force ou la prudence :
Si l'on guérit le mal, ce n'est qu'en apparence.
La haine que les cœurs conservent au-dedans
Nourrit des feux cachés, mais d'autant plus ardents.

L'INFANTE

Le saint nœud[4] qui joindra don Rodrigue et Chimène
Des pères ennemis dissipera la haine ;
Et nous verrons bientôt votre amour le plus fort
Par un heureux hymen étouffer ce discord[5].

CHIMÈNE

Je le souhaite ainsi plus que je ne l'espère :
Don Diègue est trop altier[6] et je connais mon père.
Je sens couler des pleurs que je veux retenir ;
Le passé me tourmente, et je crains l'avenir.

Vocabulaire

1. *S'accorder :* finir par un accord.
2. *Accommoder :* pousser à s'entendre.
3. *Accommodements :* arrangements.
4. *Saint nœud :* mariage.
5. *Discord :* désaccord.
6. *Altier :* orgueilleux.

L'INFANTE

Que crains-tu ? d'un vieillard l'impuissante faiblesse ?

CHIMÈNE

Rodrigue a du courage.

L'INFANTE

Il a trop de jeunesse.

CHIMÈNE

Les hommes valeureux le sont du premier coup.

L'INFANTE

Tu ne dois pas pourtant le redouter beaucoup :
Il est trop amoureux pour te vouloir déplaire,
Et deux mots de ta bouche arrêtent sa colère.

CHIMÈNE

S'il ne m'obéit point, quel comble à mon ennui !
Et s'il peut m'obéir, que dira-t-on de lui ?
Étant né ce qu'il est, souffrir[1] un tel outrage[2] !
Soit qu'il cède ou résiste au feu qui me l'engage,
Mon esprit ne peut qu'être ou honteux ou confus,
De son trop de respect, ou d'un juste refus.

L'INFANTE

Chimène a l'âme haute, et quoique intéressée[3],
Elle ne peut souffrir une basse pensée ;
Mais si jusques au jour de l'accommodement
Je fais mon prisonnier de ce parfait amant,

Vocabulaire
1. *Souffrir :* supporter.
2. *Outrage :* grave injure.
3. *Quoique intéressée :* bien qu'elle y ait un intérêt.

Et que j'empêche ainsi l'effet de son courage,
Ton esprit amoureux n'aura-t-il point d'ombrage[1] ?

CHIMÈNE

Ah ! Madame, en ce cas je n'ai plus de souci.

Scène 4

L'INFANTE, CHIMÈNE, LÉONOR, LE PAGE

L'INFANTE

Page, cherchez Rodrigue, et l'amenez ici.

LE PAGE

Le comte de Gormas et lui…

CHIMÈNE

Bon Dieu ! je tremble.

L'INFANTE

Parlez.

LE PAGE

De ce palais ils sont sortis ensemble.

CHIMÈNE

Seuls ?

LE PAGE

Seuls, et qui semblaient tout bas se quereller.

Vocabulaire
1. *Ombrage :* inquiétude.

CHIMÈNE

Sans doute, ils sont aux mains, il n'en faut plus parler.
Madame, pardonnez à cette promptitude[1].

Scène 5

L'INFANTE, LÉONOR

L'INFANTE

Hélas ! que dans l'esprit je sens d'inquiétude[2] !
Je pleure ses malheurs, son amant me ravit[3] ;
Mon repos m'abandonne, et ma flamme revit.
Ce qui va séparer Rodrigue de Chimène
Fait renaître à la fois mon espoir et ma peine ;
Et leur division, que je vois à regret,
Dans mon esprit charmé jette un plaisir secret.

LÉONOR

Cette haute vertu[4] qui règne dans votre âme
Se rend-elle si tôt à cette lâche flamme ?

L'INFANTE

Ne la nomme point lâche, à présent que chez moi
Pompeuse[5] et triomphante, elle me fait la loi :
Porte-lui du respect, puisqu'elle m'est si chère.
Ma vertu la combat, mais malgré moi, j'espère ;

Vocabulaire

1. *Promptitude :* départ précipité.
2. *Inquiétude :* absence de calme.
3. *Me ravit :* me transporte d'amour.
4. *Vertu :* valeur.
5. *Pompeuse :* glorieuse (pas de nuance péjorative).

Et d'un si fol espoir mon cœur mal défendu[1]
Vole après un amant que Chimène a perdu.

LÉONOR

Vous laissez choir ainsi ce glorieux courage[2],
Et la raison chez vous perd ainsi son usage ?

L'INFANTE

Ah ! qu'avec peu d'effet on entend la raison,
Quand le cœur est atteint d'un si charmant poison !
Et lorsque le malade aime sa maladie,
Qu'il a peine à souffrir que l'on y remédie[3] !

LÉONOR

Votre espoir vous séduit, votre mal vous est doux ;
Mais enfin ce Rodrigue est indigne de vous.

L'INFANTE

Je ne le sais que trop ; mais si ma vertu cède,
Apprends comme l'amour flatte un cœur qu'il possède.
Si Rodrigue une fois sort vainqueur du combat,
Si dessous sa valeur ce grand guerrier s'abat,
Je puis en faire cas, je puis l'aimer sans honte.
Que ne fera-t-il point, s'il peut vaincre le Comte ?
J'ose m'imaginer qu'à ses moindres exploits
Les royaumes entiers tomberont sous ses lois ;
Et mon amour flatteur déjà me persuade

Vocabulaire

1. *Mon cœur mal défendu :* mon cœur se défend mal.

2. *Courage :* volonté.

3. *Remédie :* apporte un remède.

Que je le vois assis au trône de Grenade,
Les Maures[1] subjugués[2] trembler en l'adorant,
L'Aragon recevoir ce nouveau conquérant,
Le Portugal se rendre, et ses nobles journées[3]
Porter delà les mers ses hautes destinées,
Du sang des Africains arroser ses lauriers ;
Enfin tout ce qu'on dit des plus fameux guerriers,
Je l'attends de Rodrigue après cette victoire,
Et fais de son amour un sujet de ma gloire.

LÉONOR

Mais, Madame, voyez où vous portez son bras,
Ensuite[4] d'un combat qui peut-être n'est pas.

L'INFANTE

Rodrigue est offensé ; le Comte a fait l'outrage ;
Ils sont sortis ensemble, en faut-il davantage ?

LÉONOR

Eh bien ! ils se battront, puisque vous le voulez ;
Mais Rodrigue ira-t-il si loin que vous allez ?

L'INFANTE

Que veux-tu ? je suis folle, et mon esprit s'égare :
Tu vois par là quels maux cet amour me prépare.
Viens dans mon cabinet consoler mes ennuis[5],
Et ne me quitte point dans le trouble où je suis.

Vocabulaire et noms propres

1. *Les Maures :* Berbères venus d'Afrique du Nord qui ont dominé une partie de l'Espagne au Moyen-Âge.
2. *Subjugués :* dominés.
3. *Journées :* jours de bataille.
4. *Ensuite :* à la suite.
5. *Ennuis :* tourments.

Scène 6

Don Fernand, Don Arias, Don Sanche

Chez le roi.

Don Fernand

Le Comte est donc si vain, et si peu raisonnable !
Ose-t-il croire encor son crime pardonnable ?

Don Arias

Je l'ai de votre part longtemps entretenu ;
J'ai fait mon pouvoir[1], Sire, et n'ai rien obtenu.

Don Fernand

Justes cieux ! ainsi donc un sujet téméraire
A si peu de respect et de soin de me plaire !
Il offense don Diègue, et méprise son roi !
Au milieu de ma cour il me donne la loi !
Qu'il soit brave guerrier, qu'il soit grand capitaine,
Je saurai bien rabattre une humeur si hautaine[2].
Fût-il la valeur même, et le dieu des combats,
Il verra ce que c'est que de n'obéir pas.
Quoi qu'ait pu mériter une telle insolence,
Je l'ai voulu d'abord traiter sans violence ;
Mais puisqu'il en abuse, allez dès aujourd'hui,
Soit qu'il résiste ou non, vous assurer de lui.

Vocabulaire

1. *J'ai fait mon pouvoir :* j'ai fait mon possible.

2. *Hautaine :* arrogante.

DON SANCHE

Peut-être un peu de temps le rendrait moins rebelle ;
On l'a pris tout bouillant encor de sa querelle ;
Sire, dans la chaleur d'un premier mouvement,
Un cœur si généreux se rend malaisément.
Il voit bien qu'il a tort, mais une âme si haute
N'est pas sitôt réduite à confesser sa faute.

DON FERNAND

Don Sanche, taisez-vous, et soyez averti
Qu'on se rend criminel à prendre son parti.

DON SANCHE

J'obéis, et me tais ; mais, de grâce encor Sire,
Deux mots en sa défense.

DON FERNAND

Et que pourrez-vous dire ?

DON SANCHE

Qu'une âme accoutumée aux grandes actions
Ne se peut abaisser à des submissions :
Elle n'en conçoit point qui s'expliquent sans honte ;
Et c'est à ce mot seul qu'a résisté le Comte.
Il trouve en son devoir un peu trop de rigueur,
Et vous obéirait, s'il avait moins de cœur.
Commandez que son bras, nourri dans les alarmes[1],
Répare cette injure à la pointe des armes ;

Vocabulaire
1. *Alarmes :* dangers, combats.

Il satisfera[1], Sire ; et vienne qui voudra,
Attendant qu'il l'ait su, voici qui répondra.

DON FERNAND

Vous perdez le respect ; mais je pardonne à l'âge[2],
Et j'excuse l'ardeur en un jeune courage.
Un roi, dont la prudence a de meilleurs objets
Est meilleur ménager[3] du sang de ses sujets :
Je veille pour les miens, mes soucis les conservent,
Comme le chef[4] a soin des membres qui le servent.
Ainsi votre raison n'est pas raison pour moi :
Vous parlez en soldat, je dois agir en roi ;
Et quoi qu'on veuille dire, et quoi qu'il ose croire,
Le Comte à m'obéir ne peut perdre sa gloire.
D'ailleurs l'affront me touche : il a perdu d'honneur
Celui que de mon fils j'ai fait le gouverneur ;
S'attaquer à mon choix, c'est se prendre à moi-même,
Et faire un attentat sur le pouvoir suprême.
N'en parlons plus. Au reste, on a vu dix vaisseaux
De nos vieux ennemis arborer les drapeaux ;
Vers la bouche du fleuve ils ont osé paraître.

DON ARIAS

Les Maures ont appris par force à vous connaître,
Et tant de fois vaincus, ils ont perdu le cœur
De se plus hasarder contre un si grand vainqueur.

Vocabulaire
1. *Satisfera :* acceptera.
2. *L'âge :* votre jeunesse.
3. *Est meilleur ménager :* est plus économe.
4. *Chef :* tête.

DON FERNAND

Ils ne verront jamais, sans quelque jalousie
Mon sceptre, en dépit d'eux, régir l'Andalousie ;
Et ce pays si beau, qu'ils ont trop possédé,
Avec un œil d'envie est toujours regardé.
C'est l'unique raison qui m'a fait dans Séville
Placer depuis dix ans le trône de Castille,
Pour les voir de plus près, et d'un ordre plus prompt
Renverser aussitôt ce qu'ils entreprendront.

DON ARIAS

Ils savent aux dépens de leurs plus dignes têtes,
Combien votre présence assure vos conquêtes :
Vous n'avez rien à craindre.

DON FERNAND

Et rien à négliger :
Le trop de confiance attire le danger ;
Et vous n'ignorez pas qu'avec fort peu de peine[1]
Un flux de pleine mer[2] jusqu'ici les amène.
Toutefois j'aurais tort de jeter dans les cœurs,
L'avis étant mal sûr, de paniques terreurs.
L'effroi que produirait cette alarme inutile,
Dans la nuit qui survient troublerait trop la ville :
Faites doubler la garde aux murs et sur le port.
C'est assez pour ce soir.

Vocabulaire

1. *Avec fort peu de peine :* sans grande difficulté.

2. *Un flux de pleine mer :* la marée haute.

Scène 7

DON FERNAND, DON SANCHE, DON ALONSE

DON ALONSE

Sire, le Comte est mort.
Don Diègue, par son fils, a vengé son offense.

DON FERNAND

Dès que j'ai su l'affront, j'ai prévu la vengeance ;
Et j'ai voulu dès lors prévenir[1] ce malheur.

DON ALONSE

Chimène à vos genoux apporte sa douleur ;
Elle vient toute en pleurs vous demander justice.

DON FERNAND

Bien qu'à ses déplaisirs mon âme compatisse,
Ce que le Comte a fait semble avoir mérité
Ce digne châtiment de sa témérité.
Quelque juste pourtant que puisse être sa peine,
Je ne puis sans regret perdre un tel capitaine.
Après un long service à mon État rendu,
Après son sang pour moi mille fois répandu,
À quelques sentiments que son orgueil m'oblige,
Sa perte m'affaiblit, et son trépas[2] m'afflige.

Vocabulaire
1. *Prévenir :* empêcher. **2.** *Trépas :* mort.

Scène 8

DON FERNAND, DON DIÈGUE, CHIMÈNE,
DON SANCHE, DON ARIAS, DON ALONSE

CHIMÈNE

Sire, Sire, justice !

DON DIÈGUE

Ah ! Sire, écoutez-nous.

CHIMÈNE

Je me jette à vos pieds.

DON DIÈGUE

J'embrasse vos genoux.

CHIMÈNE

Je demande justice.

DON DIÈGUE

Entendez ma défense.

CHIMÈNE

D'un jeune audacieux punissez l'insolence :
Il a de votre sceptre abattu le soutien,
Il a tué mon père.

DON DIÈGUE

Il a vengé le sien.

CHIMÈNE

Au sang de ses sujets un roi doit la justice.

DON DIÈGUE

Pour la juste vengeance il n'est point de supplice.

DON FERNAND

Levez-vous l'un et l'autre, et parlez à loisir.
Chimène, je prends part à votre déplaisir ;
D'une égale douleur[1] je sens mon âme atteinte.
(*À Don Diègue.*)
Vous parlerez après ; ne troublez pas sa plainte.

CHIMÈNE

Sire, mon père est mort ; mes yeux ont vu son sang
Couler à gros bouillons de son généreux flanc ;
Ce sang qui tant de fois garantit[2] vos murailles,
Ce sang qui tant de fois vous gagna des batailles,
Ce sang qui tout sorti fume encor de courroux
De se voir répandu pour d'autres que pour vous,
Qu'au milieu des hasards n'osait verser la guerre,
Rodrigue en votre cour vient d'en couvrir la terre.
J'ai couru sur le lieu, sans force et sans couleur :
Je l'ai trouvé sans vie. Excusez ma douleur,
Sire, la voix me manque à ce récit funeste[3] ;
Mes pleurs et mes soupirs vous diront mieux le reste.

DON FERNAND

Prends courage, ma fille, et sache qu'aujourd'hui
Ton roi te veut servir de père au lieu de lui.

Vocabulaire

1. *D'une égale douleur :* d'une douleur égale à la vôtre.
2. *Garantit :* protégea.
3. *Funeste :* désolant.

CHIMÈNE

Sire, de trop d'honneur ma misère est suivie.
Je vous l'ai déjà dit, je l'ai trouvé sans vie ;
Son flanc était ouvert ; et pour mieux m'émouvoir
Son sang sur la poussière écrivait mon devoir ;
Ou plutôt sa valeur en cet état réduite
Me parlait par sa plaie, et hâtait ma poursuite ;
Et pour se faire entendre au plus juste des rois,
Par cette triste bouche[1] elle empruntait ma voix.
Sire, ne souffrez pas que sous votre puissance
Règne devant vos yeux une telle licence[2] ;
Que les plus valeureux, avec impunité[3],
Soient exposés aux coups de la témérité ;
Qu'un jeune audacieux triomphe de leur gloire,
Se baigne dans leur sang, et brave leur mémoire.
Un si vaillant guerrier qu'on vient de vous ravir
Éteint, s'il n'est vengé, l'ardeur de vous servir.
Enfin mon père est mort, j'en demande vengeance,
Plus pour votre intérêt que pour mon allégeance[4].
Vous perdez en la mort d'un homme de son rang ;
Vengez-la par une autre, et le sang par le sang.
Immolez[5], non à moi, mais à votre couronne,
Mais à votre grandeur mais à votre personne ;
Immolez, dis-je, Sire, au bien de tout l'État

Vocabulaire

1. *Bouche :* plaie (en référence à sa forme).
2. *Licence :* liberté déréglée.
3. *Avec impunité :* sans que les coupables soient punis.
5. *Allégeance :* consolation.
5. *Immolez :* sacrifiez.

Tout ce qu'enorgueillit[1] un si haut attentat.

DON FERNAND

Don Diègue, répondez.

DON DIÈGUE

Qu'on est digne d'envie
Lorsqu'en perdant la force on perd aussi la vie,
Et qu'un long âge apprête[2] aux hommes généreux,
Au bout de leur carrière, un destin malheureux !
Moi, dont les longs travaux ont acquis tant de gloire,
Moi, que jadis partout a suivi la victoire,
Je me vois aujourd'hui, pour avoir trop vécu,
Recevoir un affront et demeurer vaincu.
Ce que n'a pu jamais combat, siège, embuscade,
Ce que n'a pu jamais Aragon ni Grenade,
Ni tous vos ennemis, ni tous mes envieux,
Le Comte en votre cour l'a fait presque à vos yeux,
Jaloux de votre choix, et fier de l'avantage
Que lui donnait sur moi l'impuissance de l'âge.
Sire, ainsi ces cheveux blanchis sous le harnois[3],
Ce sang pour vous servir prodigué[4] tant de fois,
Ce bras, jadis l'effroi d'une armée ennemie,
Descendaient au tombeau tout chargés d'infamie,
Si je n'eusse produit un fils digne de moi,
Digne de son pays, et digne de son roi.

Vocabulaire

1. *Enorgueillit :* donne de l'orgueil.
2. *Apprête :* donne.
3. *Harnois (ou harnais) :* armure.
4. *Prodigué :* répandu.

Il m'a prêté sa main, il a tué le Comte ;
Il m'a rendu l'honneur, il a lavé ma honte.
Si montrer du courage et du ressentiment,
Si venger un soufflet mérite un châtiment,
Sur moi seul doit tomber l'éclat de la tempête :
Quand le bras a failli, l'on en punit la tête.
Qu'on nomme crime, ou non, ce qui fait nos débats,
Sire, j'en suis la tête, il n'en est que le bras.
Si Chimène se plaint qu'il a tué son père,
Il ne l'eût jamais fait si je l'eusse pu faire.
Immolez donc ce chef que les ans vont ravir
Et conservez pour vous le bras qui peut servir.
Aux dépens de mon sang satisfaites Chimène :
Je n'y résiste point, je consens à ma peine ;
Et, loin de murmurer[1] d'un rigoureux décret,
Mourant sans déshonneur je mourrai sans regret.

DON FERNAND

L'affaire est d'importance, et, bien considérée,
Mérite en plein conseil d'être délibérée.
Don Sanche, remettez Chimène en sa maison.
Don Diègue aura ma cour et sa foi pour prison.
Qu'on me cherche son fils. Je vous ferai justice.

CHIMÈNE

Il est juste, grand Roi, qu'un meurtrier périsse.

Vocabulaire
1. *Murmurer* : protester.

DON FERNAND

Prends du repos, ma fille, et calme tes douleurs.

CHIMÈNE

M'ordonner du repos, c'est croître mes malheurs.

Acte III

Scène 1

DON RODRIGUE, ELVIRE

Chez Chimène.

ELVIRE

Rodrigue, qu'as-tu fait ? où viens-tu, misérable ?

DON RODRIGUE

Suivre le triste cours de mon sort déplorable[1].

ELVIRE

Où prends-tu cette audace et ce nouvel orgueil
De paraître en des lieux que tu remplis de deuil ?
Quoi ! viens-tu jusqu'ici braver l'ombre du Comte ?
Ne l'as-tu pas tué ?

DON RODRIGUE

Sa vie était ma honte ;
Mon honneur de ma main a voulu cet effort.

ELVIRE

Mais chercher ton asile en la maison du mort !
Jamais un meurtrier en fit-il son refuge ?

DON RODRIGUE

Et je n'y viens aussi que m'offrir à mon juge.

Vocabulaire
1. *Déplorable :* digne de pitié.

Ne me regarde plus d'un visage étonné ;
Je cherche le trépas après l'avoir donné.
Mon juge est mon amour, mon juge est ma Chimène :
Je mérite la mort de mériter sa haine,
Et j'en viens recevoir, comme un bien souverain,
Et l'arrêt de sa bouche, et le coup de sa main.

ELVIRE

Fuis plutôt de ses yeux, fuis de[1] sa violence ;
À ses premiers transports[2] dérobe ta présence.
Va, ne t'expose point aux premiers mouvements
Que poussera l'ardeur de ses ressentiments.

DON RODRIGUE

Non, non, ce cher objet[3] à qui j'ai pu déplaire
Ne peut pour mon supplice avoir trop de colère ;
Et j'évite cent morts qui me vont accabler,
Si pour mourir plus tôt je puis la[4] redoubler.

ELVIRE

Chimène est au palais, de pleurs toute baignée,
Et n'en reviendra point que bien accompagnée.
Rodrigue, fuis, de grâce : ôte-moi de souci.
Que ne dira-t-on point si l'on te voit ici ?
Veux-tu qu'un médisant, pour comble à sa misère,
L'accuse d'y souffrir l'assassin de son père ?

Vocabulaire

1. *Fuis de :* éloigne-toi de.
2. *Transports :* actes passionnés dus à sa douleur.
3. *Objet :* amour, femme aimée.
4. *La :* remplace le mot « colère ».

Elle va revenir ; elle vient, je la voi[1] :
Du moins, pour son honneur Rodrigue, cache-toi.

Scène 2

DON SANCHE, CHIMÈNE, ELVIRE

DON SANCHE

Oui, Madame, il vous faut de sanglantes victimes :
Votre colère est juste, et vos pleurs légitimes ;
Et je n'entreprends pas, à force de parler,
Ni de vous adoucir, ni de vous consoler.
Mais si de vous servir je puis être capable,
Employez mon épée à punir le coupable ;
Employez mon amour à venger cette mort :
Sous vos commandements mon bras sera trop fort.

CHIMÈNE

Malheureuse !

DON SANCHE

De grâce, acceptez mon service.

CHIMÈNE

J'offenserais le Roi, qui m'a promis justice.

DON SANCHE

Vous savez qu'elle marche avec tant de langueur[2],
Qu'assez souvent le crime échappe à sa longueur ;

Vocabulaire

1. *Je la voi* : je la vois. Orthographe encore admise au XVIIe siècle.

2. *Langueur :* lenteur.

Son cours lent et douteux fait trop perdre de larmes.
Souffrez qu'un cavalier vous venge par les armes :
La voie en est plus sûre, et plus prompte à punir.

CHIMÈNE

C'est le dernier remède ; et s'il y faut venir,
Et que de mes malheurs cette pitié vous dure,
Vous serez libre alors de venger mon injure.

DON SANCHE

C'est l'unique bonheur où mon âme prétend ;
Et pouvant l'espérer, je m'en vais trop content.

Scène 3

CHIMÈNE, ELVIRE

CHIMÈNE

Enfin je me vois libre, et je puis sans contrainte
De mes vives douleurs te faire voir l'atteinte ;
Je puis donner passage à mes tristes soupirs ;
Je puis t'ouvrir mon âme et tous mes déplaisirs.
Mon père est mort, Elvire ; et la première épée
Dont s'est armé Rodrigue, a sa trame coupée[1].
Pleurez, pleurez, mes yeux, et fondez-vous en eau !
La moitié de ma vie a mis l'autre au tombeau,
Et m'oblige à venger, après ce coup funeste,

Vocabulaire
1. *A sa trame coupée* : a mis fin à sa vie, le mot « trame » reprend l'image antique du fil de la vie.

Celle que je n'ai plus sur celle qui me reste.

ELVIRE

Reposez-vous[1], Madame.

CHIMÈNE

Ah ! que mal à propos
Dans un malheur si grand tu parles de repos !
Par où sera jamais ma douleur apaisée,
Si je ne puis haïr la main qui l'a causée ?
Et que dois-je espérer qu'un tourment éternel,
Si je poursuis un crime, aimant le criminel ?

ELVIRE

Il vous prive d'un père, et vous l'aimez encore !

CHIMÈNE

C'est peu de dire aimer Elvire, je l'adore ;
Ma passion s'oppose à mon ressentiment ;
Dedans mon ennemi je trouve mon amant ;
Je sens qu'en dépit de toute ma colère,
Rodrigue dans mon cœur combat encor mon père.
Il l'attaque, il le presse, il cède, il se défend,
Tantôt fort, tantôt faible, et tantôt triomphant ;
Mais en ce dur combat de colère et de flamme,
Il déchire mon cœur sans partager mon âme[2] ;
Et quoi que mon amour ait sur moi de pouvoir,

Vocabulaire
1. *Reposez-vous :* calmez-vous.
2. *Âme :* lieu de la volonté et de la raison.

Je ne consulte[1] point pour suivre mon devoir :
Je cours sans balancer[2] où mon honneur m'oblige.
Rodrigue m'est bien cher, son intérêt[3] m'afflige ;
Mon cœur prend son parti ; mais, malgré son effort,
Je sais ce que je suis, et que mon père est mort.

ELVIRE

Pensez-vous le poursuivre ?

CHIMÈNE

Ah ! cruelle pensée !
Et cruelle poursuite où je me vois forcée !
Je demande sa tête, et crains de l'obtenir :
Ma mort suivra la sienne, et je le veux punir !

ELVIRE

Quittez, quittez, Madame, un dessein si tragique ;
Ne vous imposez point de loi si tyrannique.

CHIMÈNE

Quoi ! mon père étant mort et presque entre mes bras,
Son sang criera vengeance, et je ne l'orrai[4] pas !
Mon cœur, honteusement surpris par d'autres charmes,
Croira ne lui devoir que d'impuissantes larmes !
Et je pourrai souffrir qu'un amour suborneur[5]
Sous un lâche silence étouffe mon honneur !

Vocabulaire

1. *Consulte :* hésite.
2. *Balancer :* hésiter.
3. *Son intérêt :* l'intérêt que je lui porte.
4. *Orrai :* entendrai (futur du verbe ouïr).
5. *Suborneur :* trompeur.

ELVIRE

Madame, croyez-moi, vous serez excusable
D'avoir moins de chaleur[1] contre un objet aimable,
Contre un amant si cher vous avez assez fait,
Vous avez vu le Roi ; n'en pressez point l'effet,
Ne vous obstinez point en cette humeur étrange.

CHIMÈNE

Il y va de ma gloire, il faut que je me venge ;
Et de quoi que nous flatte un désir amoureux,
Toute excuse est honteuse aux esprits généreux.

ELVIRE

Mais vous aimez Rodrigue, il ne peut vous déplaire.

CHIMÈNE

Je l'avoue.

ELVIRE

Après tout que pensez-vous donc faire ?

CHIMÈNE

Pour conserver ma gloire et finir mon ennui,
Le poursuivre, le perdre, et mourir après lui.

Vocabulaire
1. *Chaleur :* mouvement de colère.

Scène 4

DON RODRIGUE, CHIMÈNE, ELVIRE

DON RODRIGUE

Eh bien ! sans vous donner la peine de poursuivre,
Assurez-vous l'honneur de m'empêcher de vivre.

CHIMÈNE

Elvire, où sommes-nous, et qu'est-ce que je voi ?
Rodrigue en ma maison ! Rodrigue devant moi !

DON RODRIGUE

N'épargnez point mon sang ; goûtez sans résistance
La douceur de ma perte et de votre vengeance.

CHIMÈNE

Hélas !

DON RODRIGUE

Écoute-moi.

CHIMÈNE

Je me meurs.

DON RODRIGUE

Un moment.

CHIMÈNE

Va, laisse-moi mourir.

DON RODRIGUE

Quatre mots seulement ;
Après, ne me réponds qu'avecque[1] cette épée.

Vocabulaire
1. *Avecque :* forme ancienne de « avec ».

CHIMÈNE

Quoi ! du sang de mon père encore toute trempée !

DON RODRIGUE

Ma Chimène…

CHIMÈNE

Ôte-moi cet objet odieux,
Qui reproche ton crime et ta vie à mes yeux.

DON RODRIGUE

Regarde-le plutôt pour exciter ta haine,
Pour croître ta colère et pour hâter ma peine.

CHIMÈNE

Il est teint de mon sang.

DON RODRIGUE

Plonge-le dans le mien,
Et fais-lui perdre ainsi la teinture du tien.

CHIMÈNE

Ah ! quelle cruauté, qui tout en un jour tue
Le père par le fer, la fille par la vue !
Ôte-moi cet objet, je ne le puis souffrir :
Tu veux que je t'écoute, et tu me fais mourir !

DON RODRIGUE

Je fais ce que tu veux, mais sans quitter l'envie
De finir par tes mains ma déplorable vie ;
Car enfin n'attends pas de mon affection
Un lâche repentir d'une bonne action.
L'irréparable effet d'une chaleur trop prompte
Déshonorait mon père, et me couvrait de honte.

Tu sais comme un soufflet touche un homme de cœur ;
J'avais part à l'affront, j'en ai cherché l'auteur :
Je l'ai vu, j'ai vengé mon honneur et mon père ;
Je le ferais encor, si j'avais à le faire.
Ce n'est pas qu'en effet contre mon père et moi
Ma flamme assez longtemps n'ait combattu pour toi ;
Juge de son pouvoir : dans une telle offense
J'ai pu délibérer[1] si j'en prendrais vengeance.
Réduit à te déplaire, ou souffrir un affront,
J'ai pensé qu'à son tour mon bras était trop prompt,
Je me suis accusé de trop de violence ;
Et ta beauté sans doute emportait la balance,
À moins que d'opposer à tes plus forts appas
Qu'un homme sans honneur ne te méritait pas ;
Que malgré cette part que j'avais en ton âme,
Qui m'aima généreux me haïrait infâme[2] ;
Qu'écouter ton amour, obéir à sa voix,
C'était m'en rendre indigne et diffamer[3] ton choix.
Je te le dis encor et quoique j'en soupire,
Jusqu'au dernier soupir je veux bien[4] le redire :
Je t'ai fait une offense, et j'ai dû m'y porter[5]
Pour effacer ma honte, et pour te mériter ;
Mais, quitte envers l'honneur, et quitte envers mon père,
C'est maintenant à toi que je viens satisfaire.

Vocabulaire
1. *Délibérer :* réfléchir.
2. *Infâme :* déshonoré.
3. *Diffamer :* déshonorer.
4. *Bien :* avec insistance, complète le verbe « redire ».
5. *Porter :* résoudre.

C'est pour t'offrir mon sang qu'en ce lieu tu me vois.
J'ai fait ce que j'ai dû, je fais ce que je dois.
Je sais qu'un père mort t'arme contre mon crime ;
Je ne t'ai pas voulu dérober ta victime :
Immole avec courage au sang qu'il a perdu
Celui qui met sa gloire à l'avoir répandu.

CHIMÈNE

Ah ! Rodrigue, il est vrai, quoique ton ennemie,
Je ne puis te blâmer d'avoir fui l'infamie ;
Et, de quelque façon qu'éclatent mes douleurs,
Je ne t'accuse point, je pleure mes malheurs.
Je sais ce que l'honneur, après un tel outrage[1],
Demandait à l'ardeur d'un généreux courage :
Tu n'as fait le devoir que d'un homme de bien ;
Mais aussi, le faisant, tu m'as appris le mien.
Ta funeste valeur m'instruit par ta victoire ;
Elle a vengé ton père et soutenu ta gloire :
Même soin me regarde, et j'ai, pour m'affliger,
Ma gloire à soutenir, et mon père à venger.
Hélas ! ton intérêt ici me désespère :
Si quelque autre malheur m'avait ravi mon père,
Mon âme aurait trouvé dans le bien de te voir
L'unique allégement qu'elle eût pu recevoir ;
Et contre ma douleur j'aurais senti des charmes,
Quand une main si chère eût essuyé mes larmes.

Vocabulaire
1. *Outrage :* grave offense.

Mais il me faut te perdre après l'avoir perdu ;
Cet effort sur ma flamme à mon honneur est dû ;
Et cet affreux devoir dont l'ordre m'assassine,
Me force à travailler moi-même à ta ruine.
Car enfin n'attends pas de mon affection
De lâches sentiments[1] pour ta punition.
De quoi qu'en ta faveur notre amour m'entretienne,
Ma générosité doit répondre à la tienne :
Tu t'es, en m'offensant, montré digne de moi ;
Je me dois, par ta mort, montrer digne de toi.

DON RODRIGUE

Ne diffère[2] donc plus ce que l'honneur t'ordonne :
Il demande ma tête, et je te l'abandonne ;
Fais-en un sacrifice à ce noble intérêt :
Le coup m'en sera doux, aussi bien que l'arrêt.
Attendre après mon crime une lente justice,
C'est reculer ta gloire autant que mon supplice.
Je mourrai trop heureux mourant d'un coup si beau.

CHIMÈNE

Va, je suis ta partie[3], et non pas ton bourreau.
Si tu m'offres ta tête, est-ce à moi de la prendre ?
Je la dois attaquer, mais tu dois la défendre ;
C'est d'un autre que toi qu'il me faut l'obtenir,
Et je dois te poursuivre, et non pas te punir.

Vocabulaire

1. *De lâches sentiments :* des sentiments qui me poussent à te pardonner.

2. *Diffère :* retarde.

3. *Partie :* adversaire.

DON RODRIGUE

De quoi qu'en ma faveur notre amour t'entretienne,
Ta générosité doit répondre à la mienne ;
Et pour venger un père emprunter d'autres bras,
Ma Chimène, crois-moi, c'est n'y répondre pas :
Ma main seule du mien a su venger l'offense,
Ta main seule du tien doit prendre la vengeance.

CHIMÈNE

Cruel ! à quel propos sur ce point t'obstiner ?
Tu t'es vengé sans aide, et tu m'en veux donner !
Je suivrai ton exemple, et j'ai trop de courage
Pour souffrir qu'avec toi ma gloire se partage.
Mon père et mon honneur ne veulent rien devoir
Aux traits de ton amour, ni de ton désespoir.

DON RODRIGUE

Rigoureux point d'honneur ! hélas ! quoi que je fasse,
Ne pourrai-je à la fin obtenir cette grâce ?
Au nom d'un père mort, ou de notre amitié,
Punis-moi par vengeance, ou du moins par pitié.
Ton malheureux amant aura bien moins de peine
À mourir par ta main qu'à vivre avec ta haine.

CHIMÈNE

Va, je ne te hais point.

DON RODRIGUE

Tu le dois.

CHIMÈNE

Je ne puis.

Don Rodrigue

Crains-tu si peu le blâme, et si peu les faux bruits ?
Quand on saura mon crime, et que ta flamme dure,
Que ne publieront point l'envie et l'imposture[1] !
Force-les au silence, et, sans plus discourir,
Sauve ta renommée en me faisant mourir.

Chimène

Elle éclate bien mieux en te laissant la vie ;
Et je veux que la voix de la plus noire envie
Élève au ciel ma gloire et plaigne mes ennuis,
Sachant que je t'adore et que je te poursuis.
Va-t'en, ne montre plus à ma douleur extrême
Ce qu'il faut que je perde, encore que[2] je l'aime.
Dans l'ombre de la nuit cache bien ton départ ;
Si l'on te voit sortir mon honneur court hasard[3].
La seule occasion qu'aura la médisance,
C'est de savoir qu'ici j'ai souffert ta présence :
Ne lui donne point lieu d'attaquer ma vertu.

Don Rodrigue

Que je meure !

Chimène

Va-t'en.

Don Rodrigue

À quoi te résous-tu ?

Vocabulaire

1. *Imposture :* mensonge.
2. *Encore que :* bien que.
3. *Court hasard :* est en danger.

CHIMÈNE

Malgré des feux si beaux qui troublent ma colère,
Je ferai mon possible à bien venger mon père ;
Mais, malgré la rigueur d'un si cruel devoir,
Mon unique souhait est de ne rien pouvoir.

DON RODRIGUE

Ô miracle d'amour !

CHIMÈNE

Ô comble de misères !

DON RODRIGUE

Que de maux et de pleurs nous coûteront nos pères !

CHIMÈNE

Rodrigue, qui l'eût cru ?

DON RODRIGUE

Chimène, qui l'eût dit ?

CHIMÈNE

Que notre heur[1] fût si proche et sitôt se perdît ?

DON RODRIGUE

Et que si près du port, contre toute apparence[2],
Un orage si prompt brisât notre espérance ?

CHIMÈNE

Ah ! mortelles douleurs !

Vocabulaire
1. *Heur :* bonheur. **2.** *Apparence :* attente.

DON RODRIGUE

Ah ! regrets superflus !

CHIMÈNE

Va-t'en, encore un coup, je ne t'écoute plus.

DON RODRIGUE

Adieu ; je vais traîner une mourante vie,
Tant que[1] par ta poursuite elle me soit ravie.

CHIMÈNE

Si j'en obtiens l'effet, je t'engage ma foi
De ne respirer pas un moment après toi.
Adieu ; sors, et surtout garde bien qu'on te voie.

ELVIRE

Madame, quelques maux que le ciel nous envoie…

CHIMÈNE

Ne m'importune plus, laisse-moi soupirer
Je cherche le silence et la nuit pour pleurer.

Scène 5

DON DIÈGUE

La place publique.

DON DIÈGUE

Jamais nous ne goûtons de parfaite allégresse :
Nos plus heureux succès sont mêlés de tristesse ;

Vocabulaire
1. *Tant que :* jusqu'à ce que.

Toujours quelques soucis en ces événements
Troublent la pureté de nos contentements.
Au milieu du bonheur mon âme en sent l'atteinte :
Je nage dans la joie, et je tremble de crainte.
J'ai vu mort l'ennemi qui m'avait outragé,
Et je ne saurais[1] voir la main qui m'a vengé.
En vain je m'y travaille, et d'un soin inutile,
Tout cassé que je suis, je cours toute la ville :
Ce peu que mes vieux ans m'ont laissé de vigueur
Se consume sans fruit[2] à chercher ce vainqueur.
À toute heure, en tous lieux, dans une nuit si sombre,
Je pense l'embrasser et n'embrasse qu'une ombre
Et mon amour, déçu par cet objet trompeur,
Se forme des soupçons qui redoublent ma peur.
Je ne découvre point de marques de sa fuite ;
Je crains du Comte mort les amis et la suite ;
Leur nombre m'épouvante et confond[3] ma raison.
Rodrigue ne vit plus, ou respire en prison.
Justes cieux ! me trompé-je encore à l'apparence,
Ou si je vois enfin mon unique espérance ?
C'est lui, n'en doutons plus ; mes vœux sont exaucés,
Ma crainte est dissipée, et mes ennuis cessés.

Vocabulaire

1. *Je ne saurais voir :* je ne parviens pas à voir.
2. *Sans fruit :* sans résultat.
3. *Confond :* égare.

Scène 6

DON DIÈGUE, DON RODRIGUE

DON DIÈGUE

Rodrigue, enfin le ciel permet que je te voie !

DON RODRIGUE

Hélas !

DON DIÈGUE

Ne mêle point de soupirs à ma joie ;
Laisse-moi prendre haleine afin de te louer.
Ma valeur n'a point lieu de te désavouer :
Tu l'as bien imitée, et ton illustre audace
Fait bien revivre en toi les héros de ma race :
C'est d'eux que tu descends, c'est de moi que tu viens :
Ton premier coup d'épée égale tous les miens ;
Et d'une belle ardeur ta jeunesse animée
Par cette grande épreuve atteint ma renommée.
Appui de ma vieillesse, et comble de mon heur,
Touche ces cheveux blancs à qui tu rends l'honneur,
Viens baiser cette joue, et reconnais la place
Où fut empreint l'affront que ton courage efface.

DON RODRIGUE

L'honneur vous en est dû ; je ne pouvais pas moins,
Étant sorti de vous et nourri par vos soins.
Je m'en tiens trop heureux[1], et mon âme est ravie

Vocabulaire
1. *Je m'en tiens trop heureux :* je suis très heureux de cette victoire.

Que mon coup d'essai plaise à qui je dois la vie ;
Mais parmi vos plaisirs ne soyez point jaloux
Si je m'ose à mon tour satisfaire après vous.
Souffrez qu'en liberté[1] mon désespoir éclate ;
Assez et trop longtemps votre discours le flatte[2].
Je ne me repens point de vous avoir servi ;
Mais rendez-moi le bien que ce coup m'a ravi.
Mon bras pour vous venger, armé contre ma flamme,
Par ce coup glorieux m'a privé de mon âme ;
Ne me dites plus rien ; pour vous j'ai tout perdu :
Ce que je vous devais, je vous l'ai bien rendu.

DON DIÈGUE

Porte, porte plus haut le fruit de ta victoire :
Je t'ai donné la vie, et tu me rends ma gloire ;
Et d'autant que l'honneur m'est plus cher que le jour,
D'autant plus maintenant, je te dois de retour.
Mais d'un cœur magnanime[3] éloigne ces faiblesses ;
Nous n'avons qu'un honneur, il est tant de maîtresses !
L'amour n'est qu'un plaisir, l'honneur est un devoir.

DON RODRIGUE

Ah ! que me dites-vous ?

DON DIÈGUE

Ce que tu dois savoir.

Vocabulaire
1. *En liberté :* librement.
2. *Flatte :* adoucit.

DON RODRIGUE

Mon honneur offensé sur moi-même se venge ;
Et vous m'osez pousser à la honte du change[1] !
L'infamie est pareille, et suit également
Le guerrier sans courage et le perfide amant.
À ma fidélité ne faites point d'injure ;
Souffrez-moi généreux sans me rendre parjure ;
Mes liens sont trop forts pour être ainsi rompus ;
Ma foi m'engage encore si[2] je n'espère plus ;
Et, ne pouvant quitter ni posséder Chimène,
Le trépas que je cherche est ma plus douce peine.

DON DIÈGUE

Il n'est pas temps encor de chercher le trépas :
Ton prince et mon pays ont besoin de ton bras.
La flotte qu'on craignait, dans ce grand fleuve entrée,
Croit surprendre la ville et piller la contrée.
Les Maures vont descendre, et le flux et la nuit
Dans une heure à nos murs les amènent sans bruit.
La cour est en désordre, et le peuple en alarmes ;
On n'entend que des cris, on ne voit que des larmes.
Dans ce malheur public mon bonheur a permis
Que j'ai trouvé chez moi cinq cents de mes amis,
Qui, sachant mon affront, poussés d'un même zèle,
Se venaient tous offrir à venger ma querelle.
Tu les as prévenus[3] ; mais leurs vaillantes mains

Vocabulaire
1. *Change :* inconstance, infidélité.
2. *Si :* même si.
3. *Prévenus :* devancés.

Se tremperont bien mieux au[1] sang des Africains.
Va marcher à leur tête où l'honneur te demande ;
C'est toi que veut pour chef leur généreuse bande.
De ces vieux ennemis va soutenir l'abord[2] :
Là, si tu veux mourir, trouve une belle mort
Prends-en l'occasion, puisqu'elle t'est offerte ;
Fais devoir à ton roi son salut à ta perte ;
Mais reviens-en plutôt les palmes sur le front.
Ne borne pas ta gloire à venger un affront,
Porte-la plus avant, force par ta vaillance[3]
Ce monarque au pardon, et Chimène au silence ;
Si tu l'aimes, apprends que revenir vainqueur,
C'est l'unique moyen de regagner son cœur.
Mais le temps est trop cher pour le perdre en paroles ;
Je t'arrête en discours, et je veux que tu voles.
Viens, suis-moi, va combattre, et montrer à ton roi
Que ce qu'il perd au Comte il le recouvre en toi.

Vocabulaire

1. *Au :* dans le.
2. *Abord :* attaque.
3. *Vaillance :* courage.

Acte IV

Scène 1

CHIMÈNE, ELVIRE

CHIMÈNE

N'est-ce point un faux bruit ? le sais-tu bien, Elvire ?

ELVIRE

Vous ne croiriez jamais comme chacun l'admire,
Et porte jusqu'au ciel, d'une commune voix,
De ce jeune héros les glorieux exploits.
Les Maures devant lui n'ont paru qu'à leur honte ;
Leur abord fut bien prompt, leur fuite encor plus prompte ;
Trois heures de combat laissent à nos guerriers
Une victoire entière et deux rois prisonniers.
La valeur de leur chef ne trouvait point d'obstacles.

CHIMÈNE

Et la main de Rodrigue a fait tous ces miracles ?

ELVIRE

De ses nobles efforts ces deux rois sont le prix ;
Sa main les a vaincus, et sa main les a pris.

CHIMÈNE

De qui peux-tu savoir ces nouvelles étranges[1] ?

Vocabulaire
1. *Étranges :* extraordinaires.

ELVIRE

Du peuple qui partout fait sonner ses louanges,
Le nomme de sa joie et l'objet et l'auteur,
Son ange tutélaire[1] et son libérateur.

CHIMÈNE

Et le Roi, de quel œil voit-il tant de vaillance ?

ELVIRE

Rodrigue n'ose encor paraître en sa présence ;
Mais don Diègue ravi lui présente enchaînés,
Au nom de ce vainqueur, ces captifs couronnés,
Et demande pour grâce à ce généreux prince
Qu'il daigne voir la main qui sauve la province.

CHIMÈNE

Mais n'est-il point blessé ?

ELVIRE

Je n'en ai rien appris.
Vous changez de couleur ! reprenez vos esprits.

CHIMÈNE

Reprenons donc aussi ma colère affaiblie :
Pour avoir soin de lui faut-il que je m'oublie[2] ?
On le vante, on le loue, et mon cœur y consent !
Mon honneur est muet, mon devoir impuissant !
Silence, mon amour, laisse agir ma colère :

Vocabulaire

1. *Tutélaire :* protecteur.

2. *Que je m'oublie :* que j'oublie mon devoir.

S'il a vaincu deux rois, il a tué mon père ;
Ces tristes vêtements, où je lis mon malheur
Sont les premiers effets qu'ait produits sa valeur ;
Et quoi qu'on die[1] ailleurs d'un cœur si magnanime,
Ici tous les objets me parlent de son crime.
Vous qui rendez la force à mes ressentiments,
Voiles, crêpes[2], habits, lugubres[3] ornements,
Pompe[4] que me prescrit sa première victoire,
Contre ma passion soutenez bien ma gloire ;
Et lorsque mon amour prendra trop de pouvoir,
Parlez à mon esprit de mon triste devoir,
Attaquez sans rien craindre une main triomphante.

ELVIRE

Modérez ces transports, voici venir l'Infante.

Scène 2

L'INFANTE, CHIMÈNE, LÉONOR, ELVIRE

L'INFANTE

Je ne viens pas ici consoler tes douleurs ;
Je viens plutôt mêler mes soupirs à tes pleurs.

CHIMÈNE

Prenez bien plutôt part à la commune joie,
Et goûtez le bonheur que le ciel vous envoie,

Vocabulaire

1. *Die :* dise.
2. *Crêpes :* tissus noirs portés en signe de deuil.
3. *Lugubres :* sinistres.
4. *Pompe :* cérémonial.

Madame : autre que moi[1] n'a droit de soupirer.
Le péril dont Rodrigue a su nous retirer,
Et le salut public que vous rendent ses armes,
À moi seule aujourd'hui souffrent[2] encore les larmes :
Il a sauvé la ville, il a servi son roi ;
Et son bras valeureux n'est funeste qu'à moi.

L'INFANTE

Ma Chimène, il est vrai qu'il a fait des merveilles.

CHIMÈNE

Déjà ce bruit fâcheux a frappé mes oreilles ;
Et je l'entends partout publier hautement
Aussi brave guerrier que malheureux amant.

L'INFANTE

Qu'a de fâcheux pour toi ce discours populaire ?
Ce jeune Mars qu'il loue a su jadis te plaire ;
Il possédait ton âme, il vivait sous tes lois ;
Et vanter sa valeur c'est honorer ton choix.

CHIMÈNE

Chacun peut la vanter avec quelque justice ;
Mais pour moi sa louange est un nouveau supplice.
On aigrit[3] ma douleur en l'élevant si haut :
Je vois ce que je perds quand je vois ce qu'il vaut.
Ah ! cruels déplaisirs à l'esprit d'une amante !
Plus j'apprends son mérite, et plus mon feu s'augmente :

Vocabulaire

1. *Autre que moi :* nul autre que moi.
2. *Souffrent :* sont permises.
3. *Aigrit :* irrite, augmente.

Cependant mon devoir est toujours le plus fort,
Et, malgré mon amour, va poursuivre sa mort.

L'INFANTE

Hier ce devoir te mit en une haute estime ;
L'effort que tu te fis parut si magnanime,
Si digne d'un grand cœur que chacun à la cour
Admirait ton courage et plaignait ton amour.
Mais croirais-tu l'avis d'une amitié fidèle ?

CHIMÈNE

Ne vous obéir pas me rendrait criminelle.

L'INFANTE

Ce qui fut juste alors ne l'est plus aujourd'hui.
Rodrigue maintenant est notre unique appui,
L'espérance et l'amour d'un peuple qui l'adore,
Le soutien de Castille, et la terreur du Maure.
Le Roi même est d'accord de[1] cette vérité,
Que ton père en lui seul se voit ressuscité ;
Et si tu veux enfin qu'en deux mots je m'explique,
Tu poursuis[2] en sa mort la ruine publique.
Quoi ? pour venger un père est-il jamais permis
De livrer sa patrie aux mains des ennemis ?
Contre nous ta poursuite est-elle légitime,
Et pour être punis avons-nous part au crime ?
Ce n'est pas qu'après tout tu doives épouser

Vocabulaire
1. *D'accord de :* d'accord avec. **2.** *Poursuis :* recherche.

Celui qu'un père mort t'obligeait d'accuser :
Je te voudrais moi-même en arracher l'envie ;
Ôte-lui ton amour, mais laisse-nous sa vie.

CHIMÈNE

Ah ! ce n'est pas à moi d'avoir tant de bonté ;
Le devoir qui m'aigrit n'a rien de limité.
Quoique pour ce vainqueur mon amour s'intéresse,
Quoiqu'un peuple l'adore et qu'un roi le caresse,
Qu'il soit environné des plus vaillants guerriers,
J'irai sous mes cyprès[1] accabler ses lauriers.

L'INFANTE

C'est générosité quand, pour venger un père,
Notre devoir attaque une tête si chère ;
Mais c'en est une encor d'un plus illustre rang,
Quand on donne[2] au public[3] les intérêts du sang.
Non, crois-moi, c'est assez que d'éteindre ta flamme :
Il sera trop puni s'il n'est plus dans ton âme.
Que le bien du pays t'impose cette loi :
Aussi bien que crois-tu que t'accorde le Roi ?

CHIMÈNE

Il peut me refuser, mais je ne puis me taire.

L'INFANTE

Pense bien, ma Chimène, à ce que tu veux faire.
Adieu : tu pourras seule y penser à loisir.

Vocabulaire

1. *Cyprès :* arbres symboles de deuil.
2. *Donne :* sacrifie.
3. *Au public :* à l'intérêt de l'Etat

CHIMÈNE

Après mon père mort, je n'ai point à choisir.

Scène 3

DON FERNAND, DON DIÈGUE, DON ARIAS,
DON RODRIGUE, DON SANCHE

Chez le Roi.

DON FERNAND

Généreux héritier d'une illustre famille
Qui fut toujours la gloire et l'appui de Castille,
Race de tant d'aïeux en valeur signalés[1],
Que l'essai de la tienne a sitôt égalés,
Pour te récompenser ma force est trop petite ;
Et j'ai moins de pouvoir que tu n'as de mérite.
Le pays délivré d'un si rude ennemi,
Mon sceptre dans ma main par la tienne affermi,
Et les Maures défaits avant qu'en ces alarmes
J'eusse pu donner ordre à[2] repousser leurs armes,
Ne sont point des exploits qui laissent à ton roi
Le moyen ni l'espoir de s'acquitter vers toi.
Mais deux rois tes captifs feront ta récompense :
Ils t'ont nommé tous deux leur Cid en ma présence.
Puisque Cid en leur langue est autant que seigneur,
Je ne t'envierai pas ce beau titre d'honneur

Vocabulaire
1. *En valeur signalés :* célèbres par leur valeur.
2. *Ordre à :* ordre de.

Sois désormais le Cid ; qu'à ce grand nom tout cède ;
Qu'il comble d'épouvante et Grenade et Tolède,
Et qu'il marque à tous ceux qui vivent sous mes lois
Et ce que tu me vaux, et ce que je te dois.

DON RODRIGUE

Que Votre Majesté, Sire, épargne ma honte.
D'un si faible service elle fait trop de conte,
Et me force à rougir devant un si grand roi
De mériter si peu l'honneur que j'en reçoi[1].
Je sais trop que je dois au bien de votre empire
Et le sang qui m'anime, et l'air que je respire ;
Et quand je les perdrai pour un si digne objet,
Je ferai seulement le devoir d'un sujet.

DON FERNAND

Tous ceux que ce devoir à mon service engage
Ne s'en acquittent pas avec même courage ;
Et lorsque la valeur ne va point dans l'excès,
Elle ne produit point de si rares succès.
Souffre donc qu'on te loue[2], et de cette victoire
Apprends-moi plus au long la véritable histoire.

DON RODRIGUE

Sire, vous avez su qu'en ce danger pressant,
Qui jeta dans la ville un effroi si puissant,
Une troupe d'amis chez mon père assemblée

Vocabulaire

1. *J'en reçoi :* j'en reçois. Orthographe encore admise au XVIIe siècle.

2. *Loue :* complimente.

Sollicita mon âme encore toute troublée...
Mais, Sire, pardonnez à ma témérité[1],
Si j'osai l'employer sans votre autorité :
Le péril approchait ; leur brigade[2] était prête ;
Me montrant à la cour, je hasardais[3] ma tête ;
Et s'il fallait la perdre, il m'était bien plus doux
De sortir de la vie en combattant pour vous.

DON FERNAND

J'excuse ta chaleur à venger ton offense ;
Et l'État défendu me parle en ta défense :
Crois que dorénavant Chimène a beau parler,
Je ne l'écoute plus que pour la consoler.
Mais poursuis.

DON RODRIGUE

Sous moi donc cette troupe s'avance,
Et porte sur le front une mâle assurance.
Nous partîmes cinq cents ; mais par un prompt renfort
Nous nous vîmes trois mille en arrivant au port.
Tant, à nous voir marcher avec un tel visage,
Les plus épouvantés reprenaient de courage !
J'en cache les deux tiers, aussitôt qu'arrivés,
Dans le fond des vaisseaux qui lors furent trouvés ;
Le reste, dont le nombre augmentait à toute heure,
Brûlant d'impatience, autour de moi demeure,
Se couche contre terre, et sans faire aucun bruit,

Vocabulaire
1. *Témérité :* audace.
2. *Brigade :* troupe.
3. *Hasardais :* risquais.

Passe une bonne part d'une si belle nuit.
Par mon commandement la garde en fait de même,
Et se tenant cachée, aide à mon stratagème[1] ;
Et je feins hardiment d'avoir reçu de vous
L'ordre qu'on me voit suivre et que je donne à tous.
Cette obscure clarté qui tombe des étoiles
Enfin avec le flux nous fait voir trente voiles ;
L'onde s'enfle dessous, et d'un commun effort
Les Maures et la mer montent jusques au port.
On les laisse passer ; tout leur paraît tranquille :
Point de soldats au port, point aux murs de la ville.
Notre profond silence abusant[2] leurs esprits,
Ils n'osent plus douter de nous avoir surpris ;
Ils abordent sans peur, ils ancrent, ils descendent,
Et courent se livrer aux mains qui les attendent.
Nous nous levons alors, et tous en même temps
Poussons jusques au ciel mille cris éclatants.
Les nôtres, à ces cris, de nos vaisseaux répondent ;
Ils paraissent armés, les Maures se confondent[3],
L'épouvante les prend à demi descendus[4] ;
Avant que de combattre ils s'estiment perdus.
Ils couraient au pillage, et rencontrent la guerre ;
Nous les pressons sur l'eau, nous les pressons sur terre,
Et nous faisons courir des ruisseaux de leur sang,

Vocabulaire

1. *Stratagème :* ruse.
2. *Abusant :* trompant.
3. *Se confondent :* tombent dans le désordre.
4. À demi descendus : alors qu'ils sont à moitié descendus des bateaux.

Avant qu'aucun résiste ou reprenne son rang.
Mais bientôt, malgré nous, leurs princes les rallient,
Leur courage renaît, et leurs terreurs s'oublient :
La honte de mourir sans avoir combattu
Arrête leur désordre, et leur rend leur vertu.
Contre nous de pied ferme ils tirent leurs alfanges[1] ;
De notre sang au leur font d'horribles mélanges.
Et la terre, et le fleuve, et leur flotte, et le port,
Sont des champs de carnage où triomphe la mort.
Ô combien d'actions, combien d'exploits célèbres
Sont demeurés sans gloire au milieu des ténèbres,
Où chacun, seul témoin des grands coups qu'il donnait,
Ne pouvait discerner où le sort inclinait[2] !
J'allais de tous côtés encourager les nôtres,
Faire avancer les uns, et soutenir les autres,
Ranger ceux qui venaient, les pousser à leur tour,
Et ne l'ai pu savoir jusques au point du jour.
Mais enfin sa clarté montre notre avantage :
Le Maure voit sa perte et perd soudain courage ;
Et voyant un renfort qui nous vient secourir,
L'ardeur de vaincre cède à la peur de mourir.
Ils gagnent leurs vaisseaux, ils en coupent les câbles,
Poussent jusques aux cieux des cris épouvantables,
Font retraite en tumulte, et sans considérer
Si leurs rois avec eux peuvent se retirer.

Vocabulaire

1. *Alfanges :* sabres recourbés, cimeterres.

2. *Où le sort inclinait :* qui avait l'avantage.

Pour souffrir ce devoir leur frayeur est trop forte :
Le flux les apporta, le reflux les remporte,
Cependant que leurs rois, engagés parmi nous,
Et quelque peu des leurs, tous percés de nos coups,
Disputent vaillamment et vendent bien leur vie.
À se rendre moi-même en vain je les convie :
Le cimeterre au poing ils ne m'écoutent pas ;
Mais voyant à leurs pieds tomber tous leurs soldats,
Et que seuls désormais en vain ils se défendent,
Ils demandent le chef ; je me nomme, ils se rendent.
Je vous les envoyai tous deux en même temps ;
Et le combat cessa faute de combattants.
C'est de cette façon que pour votre service...

Scène 4

DON FERNAND, DON DIÈGUE, DON RODRIGUE,
DON ARIAS, DON ALONSE, DON SANCHE

DON ALONSE

Sire, Chimène vient vous demander justice.

DON FERNAND

La fâcheuse nouvelle, et l'importun[1] devoir !
Va, je ne la veux pas obliger à te voir,
Pour tous remerciements il faut que je te chasse ;
Mais avant que sortir, viens, que ton roi t'embrasse.

Vocabulaire
1. *Importun :* désagréable, qui arrive au mauvais moment.

Don Rodrigue rentre.

DON DIÈGUE

Chimène le poursuit, et voudrait le sauver.

DON FERNAND

On m'a dit qu'elle l'aime, et je vais l'éprouver
Montrez un œil plus triste.

Scène 5

DON FERNAND, DON DIÈGUE, DON ARIAS, DON SANCHE, DON ALONSE, CHIMÈNE, ELVIRE

DON FERNAND

Enfin soyez contente,
Chimène, le succès répond à votre attente :
Si de nos ennemis Rodrigue a le dessus,
Il est mort à nos yeux des coups qu'il a reçus ;
Rendez grâces au ciel qui vous en a vengée.
(*À Don Diègue.*)
Voyez comme déjà sa couleur est changée.

DON DIÈGUE

Mais voyez qu'elle pâme[1], et d'un amour parfait,
Dans cette pâmoison[2], Sire, admirez l'effet.
Sa douleur a trahi les secrets de son âme,
Et ne vous permet plus de douter de sa flamme.

Vocabulaire
1. *Pâme :* s'évanouit. **2.** *Pâmoison :* évanouissement.

CHIMÈNE

Quoi ! Rodrigue est donc mort ?

DON FERNAND

Non, non, il voit le jour,
Et te conserve encore un immuable amour :
Calme cette douleur qui pour lui s'intéresse.

CHIMÈNE

Sire, on pâme de joie, ainsi que de tristesse :
Un excès de plaisirs nous rend tout languissants ;
Et quand il surprend l'âme, il accable les sens.

DON FERNAND

Tu veux qu'en ta faveur nous croyions l'impossible ?
Chimène, ta douleur a paru trop visible.

CHIMÈNE

Eh bien ! Sire, ajoutez ce comble à mon malheur,
Nommez ma pâmoison l'effet de ma douleur :
Un juste déplaisir à ce point m'a réduite ;
Son trépas dérobait sa tête à ma poursuite ;
S'il meurt des coups reçus pour le bien du pays,
Ma vengeance est perdue et mes desseins[1] trahis :
Une si belle fin m'est trop injurieuse.
Je demande sa mort, mais non pas glorieuse,
Non pas dans un éclat qui l'élève si haut,
Non pas au lit d'honneur[2] mais sur un échafaud ;

Vocabulaire
1. *Desseins :* buts.
2. *Lit d'honneur :* champ d'honneur.

Qu'il meure pour mon père, et non pour la patrie ;
Que son nom soit taché, sa mémoire flétrie[1].
Mourir pour le pays n'est pas un triste sort ;
C'est s'immortaliser par une belle mort.
J'aime donc sa victoire, et je le puis sans crime ;
Elle assure l'État, et me rend ma victime,
Mais noble, mais fameuse entre tous les guerriers,
Le chef, au lieu de fleurs, couronné de lauriers ;
Et pour dire en un mot ce que j'en considère,
Digne d'être immolée aux mânes[2] de mon père...
Hélas ! à quel espoir me laissé-je emporter !
Rodrigue de ma part n'a rien à redouter :
Que pourraient contre lui des larmes qu'on méprise ?
Pour lui tout votre empire est un lieu de franchise[3].
Là, sous votre pouvoir, tout lui devient permis ;
Il triomphe de moi comme des ennemis.
Dans leur sang répandu la justice étouffée
Aux crimes du vainqueur sert d'un nouveau trophée :
Nous en croissons la pompe, et le mépris des lois
Nous fait suivre son char au milieu de deux rois.

DON FERNAND

Ma fille, ces transports ont trop de violence.
Quand on rend la justice on met tout en balance.
On a tué ton père, il était l'agresseur ;

Vocabulaire

1. *Flétrie :* déshonorée.
2. *Mânes :* esprit du mort.
3. *Franchise :* asile, lieu où Rodrigue ne peut être attaqué.

Et la même équité[1] m'ordonne la douceur.
Avant que d'accuser ce que j'en fais paraître,
Consulte bien ton cœur : Rodrigue en est le maître,
Et ta flamme en secret rend grâces à ton roi,
Dont la faveur conserve un tel amant pour toi.

CHIMÈNE

Pour moi ! mon ennemi ! l'objet de ma colère !
L'auteur de mes malheurs ! l'assassin de mon père !
De ma juste poursuite on fait si peu de cas
Qu'on me croit obliger en ne m'écoutant pas !
Puisque vous refusez la justice à mes larmes,
Sire, permettez-moi de recourir aux armes ;
C'est par là seulement qu'il a su m'outrager,
Et c'est aussi par là que je me dois venger.
À tous vos cavaliers je demande sa tête :
Oui, qu'un d'eux me l'apporte, et je suis sa conquête ;
Qu'ils le combattent, Sire ; et le combat fini,
J'épouse le vainqueur, si Rodrigue est puni.
Sous votre autorité souffrez qu'on le publie.

DON FERNAND

Cette vieille coutume en ces lieux établie,
Sous couleur de punir un injuste attentat,
Des meilleurs combattants affaiblit un État ;
Souvent de cet abus le succès déplorable
Opprime[2] l'innocent, et soutient le coupable.

Vocabulaire
1. *Équité :* justice.
2. *Opprime :* écrase injustement.

J'en dispense Rodrigue ; il m'est trop précieux
Pour l'exposer aux coups d'un sort capricieux ;
Et quoi qu'ait pu commettre un cœur si magnanime,
Les Maures en fuyant ont emporté son crime.

DON DIÈGUE

Quoi ! Sire, pour lui seul vous renversez des lois
Qu'a vu toute la cour observer tant de fois !
Que croira votre peuple, et que dira l'envie,
Si sous votre défense il ménage sa vie,
Et s'en fait un prétexte à ne paraître pas
Où tous les gens d'honneur cherchent un beau trépas ?
De pareilles faveurs terniraient trop sa gloire :
Qu'il goûte sans rougir les fruits de sa victoire.
Le Comte eut de l'audace, il l'en a su punir :
Il l'a fait en brave homme, et le doit maintenir[1].

DON FERNAND

Puisque vous le voulez, j'accorde qu'il le fasse ;
Mais d'un guerrier vaincu mille prendraient la place,
Et le prix que Chimène au vainqueur a promis
De tous mes cavaliers ferait ses ennemis.
L'opposer seul à tous serait trop d'injustice :
Il suffit qu'une fois il entre dans la lice[2].
Choisis qui tu voudras, Chimène, et choisis bien ;
Mais après ce combat ne demande plus rien.

Vocabulaire

1. *Maintenir :* soutenir, défendre sa position.

2. *Lice :* lieu du combat, arène.

DON DIÈGUE

N'excusez point par là ceux que son bras étonne :
Laissez un champ ouvert où n'entrera personne.
Après ce que Rodrigue a fait voir aujourd'hui,
Quel courage assez vain s'oserait prendre à lui ?
Qui se hasarderait contre un tel adversaire ?
Qui serait ce vaillant, ou bien ce téméraire ?

DON SANCHE

Faites ouvrir le champ : vous voyez l'assaillant ;
Je suis ce téméraire, ou plutôt ce vaillant.
Accordez cette grâce à l'ardeur qui me presse,
Madame : vous savez quelle est votre promesse.

DON FERNAND

Chimène, remets-tu ta querelle en sa main ?

CHIMÈNE

Sire, je l'ai promis.

DON FERNAND

Soyez prêt à demain.

DON DIÈGUE

Non, Sire, il ne faut pas différer davantage :
On est toujours trop prêt quand on a du courage.

DON FERNAND

Sortir d'une bataille, et combattre à l'instant !

DON DIÈGUE

Rodrigue a pris haleine[1] en vous la racontant.

Vocabulaire
1. *A pris haleine :* s'est reposé.

DON FERNAND

Du moins une heure ou deux je veux qu'il se délasse.
Mais de peur qu'en exemple un tel combat ne passe,
Pour témoigner à tous qu'à regret je permets
Un sanglant procédé qui ne me plut jamais,
De moi ni de ma cour il n'aura la présence.
(*Il parle à don Arias*.)
Vous seul des combattants jugerez la vaillance.
Ayez soin que tous deux fassent en gens de cœur,
Et, le combat fini, m'amenez le vainqueur.
Qui qu'il soit, même prix est acquis à sa peine ;
Je le veux de ma main présenter à Chimène,
Et que pour récompense il reçoive sa foi[1].

CHIMÈNE

Quoi ! Sire, m'imposer une si dure loi !

DON FERNAND

Tu t'en plains ; mais ton feu, loin d'avouer ta plainte,
Si Rodrigue est vainqueur, l'accepte sans contrainte.
Cesse de murmurer contre un arrêt si doux :
Qui que ce soit des deux, j'en ferai ton époux.

Vocabulaire

1. *Sa foi :* sa promesse de mariage.

Acte V

Scène 1

DON RODRIGUE, CHIMÈNE

Chez Chimène.

CHIMÈNE

Quoi ! Rodrigue, en plein jour ! d'où te vient cette audace ?
Va, tu me perds d'honneur ; retire-toi, de grâce.

DON RODRIGUE

Je vais mourir, madame, et vous viens en ce lieu,
Avant le coup mortel, dire un dernier adieu :
Cet immuable amour qui sous vos lois m'engage
N'ose accepter ma mort sans vous en faire hommage.

CHIMÈNE

Tu vas mourir !

DON RODRIGUE

Je cours à ces heureux moments
Qui vont livrer ma vie à vos ressentiments.

CHIMÈNE

Tu vas mourir ! Don Sanche est-il si redoutable
Qu'il donne l'épouvante à ce cœur indomptable ?
Qui t'a rendu si faible, ou qui le rend si fort ?
Rodrigue va combattre, et se croit déjà mort !
Celui qui n'a pas craint les Maures, ni mon père,
Va combattre don Sanche, et déjà désespère !
Ainsi donc au besoin ton courage s'abat !

DON RODRIGUE

Je cours à mon supplice, et non pas au combat ;
Et ma fidèle ardeur sait bien m'ôter l'envie,
Quand vous cherchez ma mort, de défendre ma vie.
J'ai toujours même cœur[1] ; mais je n'ai point de bras
Quand il faut conserver ce qui ne vous plaît pas ;
Et déjà cette nuit m'aurait été mortelle
Si j'eusse combattu pour ma seule querelle[2] ;
Mais défendant mon roi, son peuple et mon pays,
À me défendre mal je les aurais trahis.
Mon esprit généreux ne hait pas tant la vie
Qu'il en veuille sortir par une perfidie.
Maintenant qu'il s'agit de mon seul intérêt,
Vous demandez ma mort, j'en accepte l'arrêt.
Votre ressentiment choisit la main d'un autre
(Je ne méritais pas de mourir de la vôtre) :
On ne me verra point en repousser les coups ;
Je dois plus de respect à qui combat pour vous,
Et ravi de penser que c'est de vous qu'ils viennent,
Puisque c'est votre honneur que ses armes soutiennent,
Je vais lui présenter mon estomac ouvert,
Adorant en sa main la vôtre qui me perd.

CHIMÈNE

Si d'un triste devoir la juste violence,
Qui me fait malgré moi poursuivre ta vaillance,

Vocabulaire

1. *Cœur :* courage.

2. *Ma seule querelle :* mon propre combat, ma cause.

Prescrit à ton amour une si forte loi
Qu'il te rend sans défense à qui combat pour moi,
En cet aveuglement ne perds pas la mémoire
Qu'ainsi que de ta vie il y va de ta gloire,
Et que, dans quelque éclat que Rodrigue ait vécu,
Quand on le saura mort, on le croira vaincu.
Ton honneur t'est plus cher que je ne te suis chère,
Puisqu'il trempe tes mains dans le sang de mon père,
Et te fait renoncer, malgré ta passion,
À l'espoir le plus doux de ma possession :
Je t'envoie cependant faire si peu de conte[1],
Que sans rendre combat[2] tu veux qu'on te surmonte[3].
Quelle inégalité ravale[4] ta vertu ?
Pourquoi ne l'as-tu plus, ou pourquoi l'avais-tu ?
Quoi ? n'es-tu généreux que pour me faire outrage ?
S'il ne faut m'offenser, n'as-tu point de courage ?
Et traites-tu mon père avec tant de rigueur,
Qu'après l'avoir vaincu tu souffres un vainqueur ?
Va, sans vouloir mourir, laisse-moi te poursuivre,
Et défends ton honneur, si tu veux ne plus vivre.

DON RODRIGUE

Après la mort du Comte, et les Maures défaits,
Faudrait-il à ma gloire encore d'autres effets ?
Elle peut dédaigner[5] le soin de me défendre :

Vocabulaire
1. *Conte :* compte.
2. *Sans rendre combat :* sans combattre.
3. *On te surmonte :* on triomphe de toi.
4. *Ravale :* diminue.
5. *Dédaigner :* mépriser.

On sait que mon courage ose tout entreprendre,
Que ma valeur peut tout, et que dessous les cieux,
Auprès de mon honneur, rien ne m'est précieux.
Non, non, en ce combat, quoi que vous veuillez croire,
Rodrigue peut mourir sans hasarder sa gloire,
Sans qu'on l'ose accuser d'avoir manqué de cœur
Sans passer pour vaincu, sans souffrir un vainqueur.
On dira seulement : « Il adorait Chimère ;
Il n'a pas voulu vivre et mériter sa haine ;
Il a cédé lui-même à la rigueur du sort
Qui forçait sa maîtresse à poursuivre sa mort :
Elle voulait sa tête ; et son cœur magnanime,
S'il l'en eût refusée[1], eût pensé faire un crime.
Pour venger son honneur il perdit son amour,
Pour venger sa maîtresse il a quitté le jour,
Préférant (quelque espoir qu'eût son âme asservie[2])
Son honneur à Chimène, et Chimène à sa vie. »
Ainsi donc vous verrez ma mort en ce combat,
Loin d'obscurcir ma gloire, en rehausser l'éclat ;
Et cet honneur suivra mon trépas volontaire,
Que tout autre que moi n'eût pu vous satisfaire.

CHIMÈNE

Puisque, pour t'empêcher de courir au trépas,
Ta vie et ton honneur sont de faibles appas,
Si jamais je t'aimai, cher Rodrigue, en revanche,

Vocabulaire

1. *S'il l'en eût refusée :* s'il lui avait refusé sa tête.

2. *Asservie :* soumise (à son amour).

Défends-toi maintenant pour m'ôter à don Sanche ;
Combats pour m'affranchir d'une condition
Qui me donne à l'objet de mon aversion.
Te dirai-je encor plus ? va, songe à ta défense,
Pour forcer mon devoir, pour m'imposer silence ;
Et si tu sens pour moi ton cœur encore épris,
Sors vainqueur d'un combat dont Chimène est le prix.
Adieu : ce mot lâché me fait rougir de honte.

DON RODRIGUE

Est-il quelque ennemi qu'à présent je ne dompte ?
Paraissez, Navarrais, Maures et Castillans,
Et tout ce que l'Espagne a nourri de vaillants ;
Unissez-vous ensemble, et faites une armée,
Pour combattre une main de la sorte animée :
Joignez tous vos efforts contre un espoir si doux ;
Pour en venir à bout, c'est trop peu que de vous.

Scène 2

L'INFANTE

L'INFANTE

T'écouterai-je encor, respect de ma naissance,
Qui fais un crime de mes feux ?
T'écouterai-je, amour, dont la douce puissance
Contre ce fier tyran fait révolter mes vœux ?
Pauvre princesse, auquel des deux
Dois-tu prêter obéissance ?
Rodrigue, ta valeur te rend digne de moi ;

Mais, pour être vaillant, tu n'es pas fils de roi.

Impitoyable sort, dont la rigueur sépare
Ma gloire d'avec mes désirs !
Est-il dit que le choix d'une vertu si rare
Coûte à ma passion de si grands déplaisirs ?
Ô cieux ! à combien de soupirs
Faut-il que mon cœur se prépare,
Si jamais il n'obtient sur un si long tourment[1]
Ni d'éteindre l'amour ni d'accepter l'amant !

Mais c'est trop de scrupule, et ma raison s'étonne,
Du mépris d'un si digne choix :
Bien qu'aux monarques seuls ma naissance me donne,
Rodrigue, avec honneur je vivrai sous tes lois.
Après avoir vaincu deux rois,
Pourrais-tu manquer de couronne ?
Et ce grand nom de Cid que tu viens de gagner
Ne fait-il pas trop voir sur qui tu dois régner ?

Il est digne de moi, mais il est à Chimène ;
Le don que j'en ai fait me nuit.
Entre eux la mort d'un père a si peu mis de haine,
Que le devoir du sang à regret le poursuit :
Ainsi n'espérons aucun fruit

Vocabulaire
1. *Sur un si long tourment :* après un si long tourment.

De son crime, ni de ma peine,
Puisque pour me punir le destin a permis
Que l'amour dure même entre deux ennemis.

Scène 3

L'INFANTE, LÉONOR

L'INFANTE

Où viens-tu, Léonor ?

LÉONOR

Vous applaudir madame,
Sur le repos qu'enfin a retrouvé votre âme.

L'INFANTE

D'où viendrait ce repos dans un comble d'ennui ?

LÉONOR

Si l'amour vit d'espoir, et s'il meurt avec lui,
Rodrigue ne peut plus charmer votre courage.
Vous savez le combat où Chimène l'engage :
Puisqu'il faut qu'il y meure, ou qu'il soit son mari,
votre espérance est morte, et votre esprit guéri.

L'INFANTE

Ah ! qu'il s'en faut encore !

LÉONOR

Que pouvez-vous prétendre ?

L'INFANTE

Mais plutôt quel espoir me pourrais-tu défendre ?

Si Rodrigue combat sous ces conditions,
Pour en rompre l'effet j'ai trop d'inventions.
L'amour, ce doux auteur de mes cruels supplices,
Aux esprits des amants apprend trop d'artifices.

LÉONOR

Pourrez-vous quelque chose, après qu'un père mort
N'a pu dans leurs esprits allumer de discord[1] ?
Car Chimène aisément montre par sa conduite
Que la haine aujourd'hui ne fait pas sa poursuite.
Elle obtient un combat, et pour son combattant
C'est le premier offert qu'elle accepte à l'instant :
Elle n'a point recours à ces mains généreuses
Que tant d'exploits fameux rendent si glorieuses ;
Don Sanche lui suffit, et mérite son choix
Parce qu'il va s'armer pour la première fois.
Elle aime en ce duel son peu d'expérience ;
Comme il est sans renom, elle est sans défiance ;
Et sa facilité vous doit bien faire voir
Qu'elle cherche un combat qui force son devoir,
Qui livre à son Rodrigue une victoire aisée,
Et l'autorise enfin à paraître apaisée.

L'INFANTE

Je le remarque assez, et toutefois mon cœur
À l'envi de[2] Chimène adore ce vainqueur
À quoi me résoudrai-je, amante infortunée ?

Vocabulaire
1. *Discord :* désaccord.
2. *À l'envi de :* selon l'exemple de.

LÉONOR

À vous mieux souvenir de qui vous êtes née ;
Le ciel vous doit un roi, vous aimez un sujet !

L'INFANTE

Mon inclination a bien changé d'objet.
Je n'aime plus Rodrigue, un simple gentilhomme ;
Non, ce n'est plus ainsi que mon amour le nomme :
Si j'aime, c'est l'auteur de tant de beaux exploits,
C'est le valeureux Cid, le maître de deux rois.
Je me vaincrai pourtant, non de peur d'aucun[1] blâme,
Mais pour ne troubler pas une si belle flamme ;
Et quand pour m'obliger on l'aurait couronné,
Je ne veux point reprendre un bien que j'ai donné.
Puisqu'en un tel combat sa victoire est certaine,
Allons encore un coup le donner à Chimène.
Et toi, qui vois les traits dont mon cœur est percé,
Viens me voir achever comme j'ai commencé.

Scène 4

CHIMÈNE, ELVIRE

Chez Chimène.

CHIMÈNE

Elvire, que je souffre, et que je suis à plaindre !
Je ne sais qu'espérer, et je vois tout à craindre ;

Vocabulaire
1. *Aucun :* quelque.

Aucun vœu ne m'échappe où[1] j'ose consentir ;
Je ne souhaite rien sans un prompt repentir.
À deux rivaux pour moi je fais prendre les armes :
Le plus heureux succès[2] me coûtera des larmes ;
Et quoi qu'en ma faveur en ordonne le sort,
Mon père est sans vengeance, ou mon amant est mort.

ELVIRE

D'un et d'autre côté, je vous vois soulagée :
Ou vous avez Rodrigue, ou vous êtes vengée ;
Et quoi que le destin puisse ordonner de vous,
Il soutient votre gloire, et vous donne un époux.

CHIMÈNE

Quoi ! l'objet de ma haine, ou de tant de colère !
L'assassin de Rodrigue, ou celui de mon père !
De tous les deux côtés on me donne un mari
Encore tout teint du sang que j'ai le plus chéri,
De tous les deux côtés mon âme se rebelle :
Je crains plus que la mort la fin de ma querelle.
Allez, vengeance, amour, qui troublez mes esprits,
Vous n'avez point pour moi de douceurs à ce prix ;
Et toi[3], puissant moteur du destin qui m'outrage,
Termine ce combat sans aucun avantage,
Sans faire aucun des deux ni vaincu ni vainqueur.

Vocabulaire

1. *Où :* auquel (reprend le mot « vœu »).
2. *Succès :* résultat.
3. *Toi :* ici, désigne Dieu.

ELVIRE

Ce serait vous traiter avec trop de rigueur.
Ce combat pour votre âme est un nouveau supplice,
S'il vous laisse obligée à demander justice,
À témoigner toujours ce haut ressentiment,
Et poursuivre toujours la mort de votre amant.
Madame, il vaut bien mieux que sa rare vaillance,
Lui couronnant le front, vous impose silence ;
Que la loi du combat étouffe vos soupirs,
Et que le Roi vous force à suivre vos désirs.

CHIMÈNE

Quand il sera vainqueur, crois-tu que je me rende ?
Mon devoir est trop fort, et ma perte est trop grande ;
Et ce n'est pas assez, pour leur faire la loi[1],
Que celle du combat et le vouloir[2] du Roi.
Il peut vaincre don Sanche avec fort peu de peine,
Mais non pas avec lui la gloire de Chimène ;
Et quoi qu'à sa victoire un monarque ait promis,
Mon honneur lui fera mille autres ennemis.

ELVIRE

Gardez[3], pour vous punir de cet orgueil étrange,
Que le ciel à la fin ne souffre qu'on vous venge.
Quoi ! vous voulez encore refuser le bonheur
De pouvoir maintenant vous taire avec honneur ?

Vocabulaire

1. *Leur faire la loi :* imposer une loi à mon devoir et ma perte.
2. *Vouloir :* volonté.
3. *Gardez :* faites attention.

Que prétend ce devoir et qu'est-ce qu'il espère ?
La mort de votre amant vous rendra-t-elle un père ?
Est-ce trop peu pour vous que d'un coup de malheur ?
Faut-il perte sur perte, et douleur sur douleur ?
Allez, dans le caprice où votre humeur s'obstine,
vous ne méritez pas l'amant qu'on vous destine ;
Et nous verrons du ciel l'équitable courroux
Vous laisser, par sa mort, don Sanche pour époux.

CHIMÈNE

Elvire, c'est assez des peines que j'endure,
Ne les redouble point de ce funeste augure[1].
Je veux, si je le puis, les éviter tous deux ;
Sinon en ce combat Rodrigue a tous mes vœux :
Non qu'une folle ardeur de son côté me penche ;
Mais s'il était vaincu, je serais à don Sanche.
Cette appréhension fait naître mon souhait.
Que vois-je, malheureuse ? Elvire, c'en est fait.

Scène 5

DON SANCHE, CHIMÈNE, ELVIRE

DON SANCHE

Obligé d'apporter à vos pieds cette épée…

CHIMÈNE

Quoi ! du sang de Rodrigue encore toute trempée ?

Vocabulaire
1. *Augure :* présage.

Perfide, oses-tu bien te montrer à mes yeux,
Après m'avoir ôté ce que j'aimais le mieux ?
Éclate, mon amour, tu n'as plus rien à craindre :
Mon père est satisfait, cesse de te contraindre.
Un même coup a mis ma gloire en sûreté,
Mon âme au désespoir, ma flamme en liberté.

DON SANCHE

D'un esprit plus rassis...

CHIMÈNE

Tu me parles encore,
Exécrable[1] assassin d'un héros que j'adore ?
Va, tu l'as pris en traître ; un guerrier si vaillant
N'eût jamais succombé sous un tel assaillant.
N'espère rien de moi, tu ne m'as point servie :
En croyant me venger, tu m'as ôté la vie.

DON SANCHE

Étrange impression, qui, loin de m'écouter...

CHIMÈNE

Veux-tu que de sa mort je t'écoute vanter,
Que j'entende à loisir avec quelle insolence
Tu peindras son malheur, mon crime et ta vaillance ?

Vocabulaire
1. *Exécrable :* haïssable.

Scène 6

DON FERNAND, DON DIÈGUE, DON ARIAS, DON SANCHE, DON ALONSE, CHIMÈNE, ELVIRE

Chez le Roi.

CHIMÈNE

Sire, il n'est plus besoin de vous dissimuler
Ce que tous mes efforts ne vous ont pu celer[1].
J'aimais, vous l'avez su ; mais, pour venger mon père,
J'ai bien voulu proscrire[2] une tête si chère :
Votre Majesté, Sire, elle-même a pu voir
Comme j'ai fait céder mon amour au devoir.
Enfin Rodrigue est mort, et sa mort m a changée
D'implacable ennemie en amante affligée.
J'ai dû cette vengeance à qui m'a mise au jour,
Et je dois maintenant ces pleurs à mon amour.
Don Sanche m'a perdue en prenant ma défense,
Et du bras qui me perd je suis la récompense !
Sire, si la pitié peut émouvoir un roi,
De grâce, révoquez une si dure loi ;
Pour prix d'une victoire où je perds ce que j'aime,
Je lui laisse mon bien ; qu'il me laisse à moi-même ;
Qu'en un cloître sacré je pleure incessamment[3],
Jusqu'au dernier soupir, mon père et mon amant.

Vocabulaire

1. *Celer :* cacher.
2. *Proscrire :* faire mourir.
3. *Incessamment :* sans cesse.

DON DIÈGUE

Enfin elle aime, Sire, et ne croit plus un crime
D'avouer par sa bouche un amour légitime.

DON FERNAND

Chimène, sors d'erreur ton amant n'est pas mort,
Et Don Sanche vaincu t'a fait un faux rapport.

DON SANCHE

Sire, un peu trop d'ardeur malgré moi l'a déçue :
Je venais du combat lui raconter l'issue.
Ce généreux guerrier, dont son cœur est charmé :
« Ne crains rien, m'a-t-il dit, quand il m'a désarmé :
Je laisserais plutôt la victoire incertaine,
Que de répandre un sang hasardé pour Chimène ;
Mais puisque mon devoir m'appelle auprès du roi,
Va de notre combat l'entretenir pour moi,
De la part du vainqueur lui porter ton épée. »
Sire, j'y suis venu : cet objet l'a trompée ;
Elle m'a cru vainqueur, me voyant de retour
Et soudain sa colère a trahi son amour
Avec tant de transport et tant d'impatience,
Que je n'ai pu gagner un moment d'audience.
Pour moi, bien que vaincu, je me répute[1] heureux ;
Et malgré l'intérêt de mon cœur amoureux,
Perdant infiniment j'aime encore ma défaite,
Qui fait le beau succès d'une amour si parfaite.

Vocabulaire
1. *Répute :* considère.

DON FERNAND

Ma fille, il ne faut point rougir d'un si beau feu,
Ni chercher les moyens d'en faire un désaveu.
Une louable honte en vain t'en sollicite :
Ta gloire est dégagée, et ton devoir est quitte ;
Ton père est satisfait, et c'était le venger
Que mettre tant de fois ton Rodrigue en danger.
Tu vois comme le ciel autrement en dispose.
Ayant tant fait pour lui, fais pour toi quelque chose,
Et ne sois point rebelle à mon commandement,
Qui te donne un époux aimé si chèrement.

Scène 7

DON FERNAND, DON DIÈGUE, DON ARIAS, DON RODRIGUE, DON ALONSE, DON SANCHE, L'INFANTE, CHIMÈNE, LÉONOR, ELVIRE

L'INFANTE

Sèche tes pleurs, Chimène, et reçois sans tristesse
Ce généreux vainqueur des mains de ta princesse.

DON RODRIGUE

Ne vous offensez point, Sire, si devant vous
Un respect amoureux me jette à ses genoux.
Je ne viens point ici demander ma conquête :
Je viens tout de nouveau[1] vous apporter ma tête,

Vocabulaire
1. *Tout de nouveau :* à nouveau.

Madame ; mon amour n'emploiera point pour moi
Ni la loi du combat, ni le vouloir du Roi.
Si tout ce qui s'est fait est trop peu pour un père,
Dites par quels moyens il vous faut satisfaire.
Faut-il combattre encore mille et mille rivaux,
Aux deux bouts de la terre étendre mes travaux,
Forcer moi seul un camp, mettre en fuite une armée,
Des héros fabuleux[1] passer[2] la renommée ?
Si mon crime par là se peut enfin laver,
J'ose tout entreprendre, et puis tout achever :
Mais si ce fier honneur, toujours inexorable[3],
Ne se peut apaiser sans la mort du coupable,
N'armez plus contre moi le pouvoir des humains :
Ma tête est à vos pieds, vengez-vous par vos mains ;
Vos mains seules ont droit de vaincre un invincible ;
Prenez une vengeance à tout autre impossible.
Mais du moins que ma mort suffise à me punir :
Ne me bannissez point de votre souvenir ;
Et puisque mon trépas conserve votre gloire,
Pour vous en revancher[4] conserver ma mémoire,
Et dites quelquefois, en déplorant mon sort :
« S'il ne m'avait aimée, il ne serait pas mort. »

CHIMÈNE

Relève toi, Rodrigue. Il faut l'avouer, Sire,

Vocabulaire

1. *Fabuleux :* mythiques.
2. *Passer :* surpasser.
3. *Inexorable :* impitoyable.
4. *Pour vous en revancher :* pour me rendre la pareille.

Je vous en ai trop dit pour m'en pouvoir dédire.
Rodrigue a des vertus que je ne puis haïr.
Et quand un roi commande, on lui doit obéir.
Mais à quoi que déjà vous m'ayez condamnée,
Pourrez-vous à vos yeux souffrir cet hyménée ?
Et quand de mon devoir vous voulez cet effort,
Toute votre justice en est-elle d'accord ?
Si Rodrigue à l'État devient si nécessaire,
De ce qu'il fait pour vous dois-je être le salaire,
Et me livrer moi-même au reproche éternel
D'avoir trempé mes mains dans le sang paternel ?

DON FERNAND

Le temps assez souvent a rendu légitime
Ce qui semblait d'abord ne se pouvoir[1] sans crime :
Rodrigue t'a gagnée, et tu dois être à lui.
Mais, quoique sa valeur t'ait conquise aujourd'hui,
Il faudrait que je fusse ennemi de ta gloire,
Pour lui donner sitôt le prix de sa victoire.
Cet hymen différé ne rompt point une loi
Qui, sans marquer de temps, lui destine ta foi.
Prends un an, si tu veux, pour essuyer tes larmes.
Rodrigue, cependant il faut prendre les armes.
Après avoir vaincu les Maures sur nos bords,
Renversé leurs desseins, repoussé leurs efforts,
Va jusqu'en leur pays leur reporter la guerre,

Vocabulaire
1. *Ne se pouvoir :* ne pouvoir être.

Commander mon armée et ravager leur terre.
À ce nom seul de Cid ils trembleront d'effroi ;
Ils t'ont nommé seigneur et te voudront pour roi.
Mais parmi tes hauts faits sois-lui toujours fidèle ;
Reviens-en, s'il se peut, encore plus digne d'elle ;
Et par tes grands exploits fais-toi si bien priser[1]
Qu'il lui soit glorieux alors de t'épouser.

DON RODRIGUE

Pour posséder Chimène, et pour votre service,
Que peut-on m'ordonner que mon bras n'accomplisse ?
Quoi qu'absent de ses yeux il me faille endurer[2]
Sire, ce m'est trop d'heur de pouvoir espérer.

DON FERNAND

Espère en ton courage, espère en ma promesse ;
Et possédant déjà le cœur de ta maîtresse,
Pour vaincre un point d'honneur qui combat contre toi,
Laisse faire le temps, ta vaillance et ton roi.

Vocabulaire
1. *Priser :* donner du prix.
2. *Endurer :* supporter.

L'affrontement des pères

ÉTUDE DE LA LANGUE (Acte I, scènes 3 et 4)

Grammaire

1. Cherchez un exemple de présent d'énonciation, de présent de vérité générale et de présent d'habitude. (acte I, scène 3)

2. Quelle est la fonction de « du royaume » (v.199) ? Pourquoi est-il placé à cet endroit dans le vers ?

Orthographe

3. Quel est le sujet des verbes « trahit » et « fait » ? (acte I, scène 4, v. 249)

❑ « le trône de son roi »
❑ « mon bras »

4. Justifiez l'accord de l'adjectif « effacée ». (acte I, scène 4, v.251)

Vocabulaire

5. Que symbolise le « bras » du Comte ? Quelle est la figure de style utilisée ?

6. Cherchez l'étymologie du nom « infamie », v.243, et trouvez les mots construits sur la même racine.

LECTURE

Lecture d'ensemble (Œuvre intégrale)

7. Quels personnages apparaissent dans les deux premières scènes de l'acte I ? Quel lien unit les deux protagonistes de chaque scène ? De qui parlent-elles ?

8. Montrez que ces deux premières scènes sont parallèles par leurs personnages et par leur thème.

9. Quel coup de théâtre renverse les espoirs de Chimène ?

10. Pourquoi peut-on dire que l'acte I constitue l'exposition de la pièce ?

Lecture linéaire (Acte I, scènes 3 et 4)

11. Établissez un tableau pour comparer le Comte et Don Diègue : âge, rang, rôles à la cour, enfants. Y a-t-il plus de ressemblances ou plus de différences ?

12. Pourquoi le comte refuse-t-il que sa fille épouse Rodrigue ?

13. « Si vous fûtes vaillant, je le suis aujourd'hui » (v.198). Relevez dans la scène 3 les raisons de la gloire passée et présente des deux hommes.

14. Repérez les deux parties de la scène 3. Pourquoi ce changement dans la longueur des répliques ? Quelle évolution des sentiments cela implique-t-il ?

15. À partir de quel vers le Comte ne vouvoie-t-il plus Don Diègue ? Qu'est-ce que cela signifie ? Quel vers symbolise le dilemme de Don Diègue ? (acte I, scène 4)

16. À qui s'adresse Don Diègue à partir du vers 260 ? Que symbolise cet objet pour lui ?

HISTOIRE DES ARTS

La division en actes et la représentation

L'organisation d'une pièce de théâtre doit prendre en compte deux exigences différentes : la cohérence de l'action et la durée matérielle de la représentation. La division de l'action en actes correspond aux moments essentiels de l'action et chaque acte doit avoir une durée équivalente, dictée par les conditions matérielles des représentations au XVIIe siècle. En effet, la scène est éclairée par des chandelles, qu'il faut moucher régulièrement pour que la salle ne soit pas envahie par la fumée, ce que l'on fait durant les entractes.

Lecture d'image (Tableau reproduit ci-dessous)

Diego Vélasquez (1599-1660),
Don Juan Francisco de Pimentel,
conde de Benavente, *1618.*

17. Quels éléments du tableau montrent la puissance de ce personnage ? En quoi cet homme peut faire penser à Don Diègue ?

EXPRESSION

Expression écrite

18. Ajoutez des didascalies à la fin de la scène 3, à partir du vers 232, pour indiquer quels sont les gestes des personnages.

19. Don Diègue sort de scène et le Comte reste seul. Imaginez un monologue où le Comte évoquera ses sentiments et ses impressions sur leur dispute.

Expression orale

20. Apprenez la scène 3 de l'acte I et jouez-la en mettant en évidence l'évolution du ton de Don Diègue et la colère du Comte.

PATRIMOINE

21. Avec quelle arme les nobles se battent-ils habituellement ? Pourquoi le geste du Comte à l'égard de Don Diègue est-il particulièrement insultant ?

22. Cherchez le sens de « vilain » au Moyen Âge et expliquez le proverbe « Jeu de main, jeu de vilain ».

Méthode — *Comment analyser la place des personnages*

→ **Observez la liste des personnages :** elle donne des informations essentielles, le nom des personnages, leur statut social et les liens qui les unissent.
Exemple : Don Fernand, premier roi de Castille.
Attention, au XVIIe siècle, les personnages sont cités selon leur rang social et leur sexe (les garçons sont placés avant les filles), et non pas selon leur importance dans la pièce. Ainsi, Chimène n'est citée qu'en neuvième position.

→ **Analysez le temps de parole des personnages :** c'est un indice essentiel de l'importance des personnages. En effet, la présence au théâtre est d'abord marquée par la parole.

→ **Analysez le rôle des personnages dans la progression de l'action :** le personnage est-il à l'origine des actions ? En est-il seulement un témoin ?
Exemple : Don Diègue intervient dans un nombre restreint de scènes, mais c'est lui qui pousse Rodrigue à se battre contre le Comte, puis contre les Maures.

Le combat pour l'honneur

ÉTUDE DE LA LANGUE (Acte I, scènes 4 et 6)

Grammaire

1. À quoi servent les points de suspension dans les vers 287 et 288 ? (acte I, scène 5)

2. Quels sont les types de phrases dominants dans les stances de Rodrigue (acte I, scène 6) ? À quoi servent chacun d'entre eux ? Relevez-en des exemples dans les stances.

Orthographe

3. Quel est le sujet du verbe « causer » (acte I, scène 6, v. 323) ? Pourquoi est-il remplacé par la deuxième personne aux vers 324-325 ?

4. Conjuguez à la deuxième personne du singulier les impératifs employés dans la cinquième et dans la sixième strophe des stances. Quelle est la particularité des verbes du premier groupe ?

Vocabulaire

5. Dans un dictionnaire étymologique, cherchez l'origine de « cœur » et « courage », ainsi que leur rapport de sens. Cherchez des exemples, dans *Le Cid*, dans lesquels « cœur » signifie soit « siège des émotions et de l'amour », soit « siège des sentiments moraux ».

6. Pourquoi les noms « race » et « sang » sont-ils si fréquents chez Don Diègue ? Pourquoi sont-ils révélateurs de sa classe sociale ?

7. Que signifie le verbe « devoir » (v. 327 et 347) ?

❑ être dans l'obligation de faire quelque chose

❑ avoir des devoirs envers quelqu'un

❑ avoir des dettes

Séance 2 Le combat pour l'honneur

LECTURE

Lecture d'ensemble (Œuvre intégrale)

8. Que demande Don Diègue à son fils (acte I, scène 5) ? Relevez le vers qui résume son attente.

9. Quelle valeur morale commune est en jeu dans les dilemmes de l'Infante, de Don Diègue et de Rodrigue dans l'acte I ?

NOTIONS LITTÉRAIRES **Les figures de style : opposition, amplification et atténuation**

Les figures construites sur une opposition

– L'**antithèse** confronte deux notions ou des valeurs opposées en les mettant en parallèle.
Exemple : « Ton bras est invaincu, mais non pas invincible. » (acte II, scène 3)

– L'**oxymore** associe et rapproche des notions contraires sans les opposer.
Exemple : « Cette obscure clarté qui tombe des étoiles » (acte IV, scène 3)

Les figures d'insistance par amplification

– L'**hyperbole** consiste à choisir des termes exagérés pour désigner ou caractériser.
Exemple : « Des deux côtés mon mal est infini. » (acte I, scène 6)

– L'**anaphore** reprend un même terme à la même place avec la même fonction grammaticale.
Exemple : « Ce sang qui tant de fois garantit vos murailles,
Ce sang qui tant de fois vous gagna des batailles,
Ce sang qui tout sorti fume encor de courroux » (acte II, scène 8)

– L'**énumération**, ou **accumulation**, consiste à énoncer une série de mots de même nature grammaticale ou de même fonction.
Exemple : « Et la terre, et le fleuve, et leur flotte, et le port,
Sont des champs de carnage où triomphe la mort. » (acte IV, scène 3)

- La **gradation** est une énumération selon une intensité croissante.
Exemple : « Va, cours, vole et nous venge. » (acte I, scène 5)

Les figures construites sur une atténuation

- La **litote** consiste à dire le moins pour signifier le plus.
Exemple : « Va, je ne te hais point » (acte III, scène 4)

- L'**euphémisme** remplace un propos par sa forme atténuée.
Exemple : Le Comte a passé.

10. D'où naît la gloire du Comte et de Don Diègue ? De quels moyens Rodrigue dispose-t-il pour s'en rendre digne ?

Lecture linéaire (Acte I, scène 6)

11. Analysez la construction des stances en repérant, pour chaque strophe, les types de vers utilisés et le schéma des rimes.

12. Quels mots reviennent systématiquement à la rime et pourquoi ?

13. Quel est le dilemme de Rodrigue ?

14. Reformulez, pour chaque strophe, les arguments de Rodrigue.

15. En vous appuyant sur les types de phrases utilisés à chaque fin de strophe, montrez que Rodrigue parvient à une décision.

16. Quels termes s'opposent (v. 316-317) ? Quelles figures de style sont utilisées ?

17. Proposez, grâce à l'exemple de la scène 6 de l'acte I, une définition de l'expression « un choix cornélien ».

Lecture d'image (Photographie reproduite ci-dessous)

Gérard Philipe (Rodrigue) et Jean Vilar (Don Fernand), *Le Cid,* mise en scène de Jean Vilar, Avignon, 1951.

18. Les costumes sont-ils inspirés par le XVIIe siècle ou par le Moyen Âge ? Pourquoi ce choix ?

19. Qui est Rodrigue ? Quelles caractéristiques physiques de l'acteur vous semblent correspondre au personnage ?

EXPRESSION

Expression écrite

20. Transformez les stances de Rodrigue en dialogue, en imaginant que Rodrigue demande conseil à un ami sur la décision qu'il doit prendre.

21. Rédigez un paragraphe de quelques lignes dans lequel vous expliquerez les notions d'honneur et de devoir telles qu'elles sont définies par Corneille.

Expression orale

22. Récitez les stances de Rodrigue à deux voix, en alternant les strophes, de manière à faire entendre l'évolution des sentiments de Rodrigue.

PATRIMOINE

23. Quelles carrières les nobles pouvaient-ils entreprendre au XVIIe siècle ?

Rodrigue vous semble-t-il un bon représentant des valeurs de la noblesse ?

HISTOIRE DES ARTS

Les stances, une pause lyrique

Les stances sont un ensemble de strophes à vocation lyrique dans les pièces classiques. Elles se différencient du monologue par leur forme littéraire : ce sont des poèmes savamment construits, composés de strophes régulières, construites sur le même modèle rythmique. Chaque strophe forme une unité de sens et se termine par une chute. Très utilisées dans la première moitié du XVIIe siècle, elles disparaissent au profit du monologue car les auteurs classiques, dont Corneille, critiquent la primauté donnée à la forme dans les stances et dénoncent une expression artificielle de l'émotion.

Méthode — Comment reconnaître les principaux types de vers

→ Pour connaître la longueur d'un vers, on compte son nombre de syllabes.

Le vers le plus long utilisé en français est l'**alexandrin**, composé de 12 syllabes. Les vers les plus fréquents sont le **décasyllabe** (10 syllabes), l'**octosyllabe** (8 syllabes) et l'**hexasyllabe** (6 syllabes).

Dans les vers les plus longs, on trouve en général une césure qui sépare le vers en deux parties. Le décasyllabe est souvent réparti en 4 + 6 syllabes, soit un rythme croissant, ou plus rarement en 6 + 4. L'alexandrin est divisé le plus souvent en deux groupes de 6 syllabes, appelés hémistiches.

→ Pour compter les syllabes terminées par un « e » muet :

- Il ne faut pas compter la dernière syllabe d'un vers si elle se termine par un « e » muet.
- À l'intérieur d'un vers, la syllabe finale d'un mot en « e » ne compte pas si elle est suivie d'un mot commençant par une voyelle ; elle compte si elle est suivie d'un mot commençant par une consonne.

Exemple : « D'u/ne a/ttein/te im/pré/vue/au/ssi/bien/que/mor/tel/le »
1 2 3 4 5 6 7 8 9 10 11 12

« No/ble et/du/re/con/train/te, ai/ma/ble/ty/ra/nnie »
1 2 3 4 5 6 7 8 9 10 11 12

ÉTUDE DE L'ŒUVRE

Un amour contre toute vraisemblance

ÉTUDE DE LA LANGUE (Acte III, scènes 1 et 4)

Grammaire

1. Quel est le mode dominant des verbes ? Relevez deux exemples dans lesquels ce mode a une valeur différente. (acte III, scène 4, v.110-130)

2. Quel mode est utilisé aux vers 248-249 ?

❑ l'indicatif ❑ le subjonctif

Quelle est sa valeur ?

Orthographe

3. Justifiez l'accord du participe passé aux vers 142 et 150.

Vocabulaire

4. Relevez le champ lexical de la mort. (acte III, scène 1)

5. Proposez une définition de la « gloire ».

LECTURE

Lecture d'ensemble (Œuvre intégrale)

6. Où se déroule l'ensemble de l'acte III et à quel moment de la journée ?

7. Quels sont les personnages essentiels de l'acte III ? Pour quelles raisons leur rencontre est-elle choquante ?

8. Qu'a demandé Chimène au roi au sujet de Rodrigue ? Quelle valeur morale la pousse à agir ainsi ?

9. À quel dilemme Chimène est-elle confrontée ? Comment construit-elle sa gloire ?

Lecture linéaire (Acte III, scène 4)

10. Pourquoi Rodrigue est-il venu voir Chimène ?

11. Pourquoi le tutoiement remplace-t-il le vouvoiement au début de la scène ?

12. Que symbolise l'épée que Rodrigue tient à la main ? Que ressentent Chimène et le spectateur à cette vue ?

13. Comment Rodrigue justifie-t-il sa conduite ? (acte III, scène 4, v. 130 à 165)

14. Par quelle construction la similitude de la conduite des deux amants est-elle soulignée ? (acte III, scène 4, v. 192-193)

15. Quel aveu provoque le mot « haine » (v. 223) ? Pourquoi est-il si intense ?

16. Quelle est la tonalité de la scène ? Pathétique ou tragique ?

Lecture d'image (Timbre reproduit ci-dessous)

Gisants du Cid Campeador et de Doña Jimena au monastère de San Pedro de Cardeña, timbre espagnol ancien

17. Qu'appelle-t-on un gisant ? Quels éléments montrent qu'il s'agit d'une œuvre médiévale ?

18. Pourquoi Chimène et Rodrigue sont-ils allongés côte à côte ?

PATRIMOINE

19. Quelle troupe de comédiens a joué *Le Cid* pour la première fois ? Quel comédien a eu longtemps les premiers rôles dans les pièces de Corneille ?

NOTIONS LITTÉRAIRES
La vraisemblance

La notion de vraisemblance est beaucoup discutée au XVIIe siècle. C'est la recherche d'une action, de personnages les plus fidèles possibles à la vérité. Tout ce qui se passe sur scène doit être crédible pour le spectateur. Or, dans la tragédie, on met en scène des êtres hors du commun dont les actes sont souvent loin de toute vraisemblance. Corneille choisit en général des faits ou des héros historiques, échappant à la vraisemblance commune. C'est pour cela qu'on lui a reproché le mariage de Chimène avec le meurtrier de son père, or c'est une vérité historique. Corneille dit préférer dans ce cas le vrai à la vraisemblance, car il est source d'émotions intenses.

EXPRESSION

Expression écrite

20. « Mon cœur prend son parti ; mais, malgré son effort,/Je sais ce que je suis, et que mon père est mort. » (acte III, scène 3, v. 84-85).
Expliquez ce que veut dire Chimène et proposez une définition de la notion de devoir chez Corneille.

Méthode ***Comment différencier les types de répliques***

Tout passe par le langage dans le théâtre classique. « Parler, c'est agir », dit d'Aubignac, théoricien du théâtre au XVIIe siècle.

→ Pour classer les répliques d'un dialogue, il faut observer leur longueur.
– Une longue réplique est une **tirade.**
– Les courtes répliques de même longueur (un demi-vers, un vers, deux vers) sont des **stichomythies**. Ce procédé donne de la vivacité au dialogue. *Exemple :* le début de l'acte II, scène 2, entre le Comte et Rodrigue.

→ Le dialogue doit être différencié du monologue.
Le monologue est une tirade où le personnage parle seul sur scène. Il est très utilisé dans la tragédie classique et supplante les stances, car il permet au personnage d'exprimer ses sentiments ou ses interrogations sans contraintes poétiques formelles.

21. Que ressentez-vous à la lecture de la scène 4 ? Pourquoi cette scène soulevait-elle tant d'émotion lors des premières représentations du *Cid* ? (voir p. 144)

Expression orale

22. Lisez le dialogue (vers 246 à 253) une première fois, puis intervertissez les personnages : Chimène dit les répliques de Rodrigue et vice versa. Les rôles sont-ils interchangeables ?

HISTOIRE DES ARTS

La salle de spectacle et le public du XVIIe siècle

Au XVIIe siècle, les théâtres sont rares et de nombreux spectacles sont joués en plein air, dans des conditions de fortune. Les premières salles de spectacle sont souvent de forme rectangulaire et non arrondies, comme dans le théâtre à l'italienne. On y trouve deux types de places. Le long des murs, des galeries sont aménagées en loge et on peut s'y asseoir. Au centre, le parterre n'est pas aménagé et on assiste au spectacle debout. On peut même trouver des spectateurs assis sur scène, et ce jusqu'au XVIIIe siècle. Il n'y a souvent pas de rideau de scène.
Les places du parterre, fort peu chères, sont celles d'un public populaire, bruyant, commentant fortement les pièces. Ce public ne s'encombre pas du respect rigide des règles classiques et a apporté au *Cid* son extraordinaire succès lors de ses premières représentations.

Séance 4

Le combat contre les Maures

ÉTUDE DE LA LANGUE (Acte IV, scène 3)

Grammaire

1. Par quel temps commence et se finit le récit de Rodrigue ? Quelle est sa valeur ?

2. Quel est le temps dominant dans son récit ? Quelle est sa valeur et l'effet produit ?

Orthographe

3. Justifiez l'accord du participe passé « égalés ». (acte IV, scène 3, v.113)

Vocabulaire

4. D'où est née la valeur de Rodrigue (acte IV, scène 3) ? Appuyez-vous sur le champ lexical de la famille (v. 110 à 115).

5. Que signifie le verbe louer (v.142) ? Trouvez des mots de la même famille.

LECTURE

Lecture d'ensemble (Œuvre intégrale)

6. Dans quelle scène Don Diègue envoie-t-il son fils se battre contre les Maures ? Quels sont ses arguments ?

7. Pendant quelle partie de la pièce se déroule la bataille ? Trouvez dans la première scène de l'acte IV l'indication de sa durée.

8. Que change la victoire de Rodrigue au désir de vengeance de Chimène ? (acte IV, scène 2)

9. À quoi sert le récit au théâtre ? Est-il possible de représenter une bataille sur scène ?

Lecture linéaire (acte IV, scène 3)

10. Que signifie le Cid ? Pourquoi Rodrigue est-il nommé ainsi ?

11. Comment Rodrigue justifie-t-il qu'il ait décidé de se battre sans l'ordre du roi ?

12. Établissez le plan du récit en repérant les différentes étapes du combat.

13. Relevez les différentes indications de temps. À quel moment de la journée commence la bataille ? Quelle ruse cela permet-il ?

14. Par quel moyen les Maures arrivent-ils ? Où se déroule la bataille ?

15. Quelle figure de style est utilisée au vers 276 ?

16. Quel est l'effet produit par la répétition de « et » ? (acte IV, scène 3, v. 200)

Lecture d'image (Enluminure reproduite ci-dessous)

Jean Fouquet, La chanson de Roland, *enluminure représentant la bataille de Roncevaux et la mort de Roland, XVe siècle.*

17. Qu'incarne Roland dans la littérature médiévale ? Qu'a-t-il de commun avec le Cid ?

18. Que représentent les deux parties de l'enluminure ?

NOTIONS LITTÉRAIRES
La règle des unités

Entre 1630 et 1661, les grandes règles du théâtre classique se mettent en place. Elles s'épanouissent ensuite dans le théâtre de Molière et Racine. Ces impératifs sont la règle de l'unité d'action, de temps, de lieu et de ton ainsi que le respect des bienséances et de la vraisemblance.

– **L'unité d'action** exige que tous les événements de la pièce soient unifiés autour du même sujet ; cette exigence de concentration correspond aux nécessités de la représentation théâtrale. La complexité de l'action est limitée par la durée de la représentation. Le spectateur ne doit également pas se perdre dans les méandres d'une intrigue qu'il n'entend qu'une fois, alors qu'il peut relire un texte.

– **L'unité de temps** est la conséquence de cette concentration de l'action : une intrigue plus simple demande moins de temps. On cherche aussi, par souci de vraisemblance, à faire correspondre durée de la représentation et durée de l'action. À la durée réelle de chaque acte s'ajoute la durée fictive de l'action pendant l'entracte. L'action ne doit au total pas excéder vingt-quatre heures.

– **L'unité de lieu** relève de la logique de la vraisemblance et de la volonté de faire coïncider le lieu unique de la scène et le lieu unique de l'action.

– **L'unité de ton** s'impose ensuite : une pièce est une tragédie ou une comédie, et non les deux. La tragi-comédie disparaît, c'est pour cela que la tragi-comédie du *Cid*, en 1637, est rebaptisée « tragédie » par Corneille en 1660.

EXPRESSION

Expression écrite

19. En vous appuyant sur le récit de Rodrigue, définissez la tonalité épique.

20. En suivant l'ordre du récit de Rodrigue, racontez la bataille selon le point de vue des rois vaincus.

HISTOIRE DES ARTS
Le décor simultané

L'unité de lieu met longtemps à s'imposer dans le théâtre classique. *Le Cid* ne respecte pas encore cette contrainte, puisque l'action se passe dans quatre lieux différents. Le décor de la scène de théâtre doit donc permettre de voir ces différents espaces. On utilise pour cela la technique du décor simultané : sur une toile de fond, des « compartiments » figurent chaque lieu de la pièce, le palais du roi, l'appartement de l'infante, la maison de Chimène, une place publique. Cette technique est abandonnée quand s'impose un lieu unique, presque abstrait, comme chez Racine.

Expression orale

21. Apprenez, au choix, le récit de Rodrigue jusqu'au vers 201 ou celui de Théramène, dans *Phèdre* de Racine (voir p. 142).

PATRIMOINE

22. Qu'appelle-t-on la Reconquête en Espagne ? Quand a-t-elle pris fin ?

23. Cherchez qui fut le véritable Cid.

Méthode *Comment analyser un récit*

→ **Pour analyser un récit, il faut en repérer le thème et la structure.** Pour cela, il faut s'appuyer sur le schéma narratif composé de cinq étapes : la situation initiale, l'élément perturbateur, l'action formée des différentes péripéties, le dénouement et la situation finale. La plupart des récits suivent ce plan, et s'ils s'en écartent, c'est pour produire un effet, surprendre le lecteur, créer un effet d'attente, etc.

→ **Au théâtre, le récit doit être plus concentré que dans un roman en raison de la durée des scènes et de la forme dialoguée.** Le récit est en général motivé par la demande d'un personnage, (par exemple, celle du roi dans *Le Cid*), et sert à raconter ce qui ne peut pas être joué sur scène pour des raisons techniques ou pour respecter la bienséance (par exemple, on ne montre pas la mort sur scène).

Les amants malheureux

ÉTUDE DE LA LANGUE (Acte I, scène 2 et acte III, scène 2)

Grammaire

1. Quelle est la fonction grammaticale de « Juste ciel » (acte I, scène 2, v.144) ? Pourquoi les verbes « mets » (v. 145) et « rends » (v.149) sont-ils à la deuxième personne ?

2. Quelles sont la nature et la fonction de la proposition « Et que de mes malheurs cette pitié vous dure » ? (acte III, scène 2, v. 50)

Orthographe

3. Réécrivez au passé les vers 92 à 94, (acte I, scène 2) en commençant par « Vous souvenait-il ». Faites toutes les transformations nécessaires.

Vocabulaire

4. Quelle est l'étymologie du nom « infante » ? Que signifie-t-il ?

5. Que signifie l'adjectif « aimable » ? (acte I, scène 2, v.116)

LECTURE

Lecture d'ensemble (Œuvre intégrale)

6. Complétez le tableau suivant sur la place de l'Infante et Don Sanche (créez le nombre de lignes nécessaires).

Actes et scènes	Personnages	Résumé en une phrase de la scène	La scène fait-elle avancer l'action ?

7. Quel lien unit l'infante et Chimène ?

8. De qui Don Sanche et l'Infante sont-ils épris ? Quel parallèle peut-on faire entre eux ?

9. Que propose Don Sanche à Chimène ? (acte III, scène 2)

10. Pourquoi les deux amants malheureux finissent-ils par renoncer définitivement à leur amour ?

Lecture linéaire (Acte I, scène 2 ; acte V, scène 2)

11. Pourquoi l'aveu de l'infante est-il si surprenant ? (acte I, scène 2)

12. Pour quelle raison l'infante ne doit-elle pas aimer Rodrigue ? Justifiez votre réponse par un relevé précis des vers de la scène 2 de l'acte I.

13. Quel intérêt l'infante a-t-elle à voir Chimène épouser Rodrigue ?

14. Relevez le champ lexical de la souffrance dans la scène 2 de l'acte I. Quelle image de l'amour donne-t-il ?

15. Comment appelle-t-on ce type de monologue ? (acte V, scène 2)

16. Analysez la construction métrique et rythmique de chaque strophe. (acte V, scène 2)

17. Pourquoi Rodrigue est-il devenu digne de l'Infante ?

Lecture d'image (Tableau reproduit ci-dessous)

18. Quels détails du portrait montre le rang de l'infante ? Comment peut-on qualifier l'impression qui se dégage du tableau ?

19. Qui a épousé l'infante Marie-Thérèse ?

EXPRESSION

Expression écrite

20. Montrez, dans un paragraphe fondé sur des exemples précis, en quoi l'Infante permet de donner une définition de la gloire et de l'honneur selon Corneille.

Diego Vélasquez (1599-1660),
L'Infante Marie-Thérèse.

ÉTUDE DE L'ŒUVRE

NOTIONS LITTÉRAIRES **Les genres théâtraux : tragédie, tragi-comédie et comédie**

Le XVIIe siècle établit une nette différence entre les genres théâtraux et une hiérarchie claire entre eux : la tragédie est le genre le plus noble et la farce, le plus bas.

Genre	Origine des personnages	Liberté d'action des personnages	Dénouement	Sentiments des spectateurs
Tragédie	Rois, reines, haute noblesse, héros mythologiques	Domination de la fatalité, du destin sur la liberté	Malheureux, très rarement heureux	Pitié, admiration ou horreur
Tragi-comédie	Haute noblesse ou moyenne noblesse	Importance de la volonté et de la liberté	Heureux	Admiration, sympathie
Comédie	Bourgeois	Liberté mais importance du caractère et des manies	Heureux, en général un mariage	Sympathie, moquerie envers les personnages ridicules

La tragi-comédie, genre mixte, disparaît après 1660 au profit des deux autres genres. Corneille a inauguré sa carrière par la comédie et l'a achevée par la tragédie.

21 Imaginez une scène dans laquelle, à bout de résistance, l'infante avouerait son amour à Rodrigue. La réaction de Rodrigue doit être cohérente par rapport à la pièce.

Expression orale

22. Certains metteurs en scène suppriment la plupart des scènes où l'infante apparaît. Ce choix vous paraît-il judicieux ? Discutez-en en classe.

PATRIMOINE

23. À quelle époque a lieu la guerre de Trente Ans ? En quelle année a eu lieu la bataille de Corbie et quel pays a remporté cette victoire ?

24. Pourquoi la France sous Louis XIII est-elle en guerre contre l'Espagne ?

Méthode — *Comment analyser les figures de style fondées sur l'analogie et sur la substitution*

➜ **Pour analyser un texte, on observe les figures de style** et on réfléchit aux effets qu'elles produisent. Les figures les plus fréquentes sont celles fondées sur l'**analogie** et sur la **substitution.**

➜ Repérer les figures construites sur l'**analogie** (la ressemblance) :
– la **comparaison** rapproche deux termes, le comparant et le comparé, ayant un point commun, au moyen d'un outil de comparaison.
Exemple : « Pour grands que soient les rois, ils sont ce que nous sommes :
Ils peuvent se tromper comme les autres hommes » (acte I, scène 3) ;
– la **métaphore** est une comparaison sans outil de comparaison.
Exemple : « La moitié de ma vie a mis l'autre au tombeau. » (acte I, scène 3) ;
– la **personnification** attribue des traits humains à un animal, un objet, etc.
Exemple : « Pleurez, pleurez, mes yeux, et fondez-vous en eau ! » (acte I, scène 3).

➜ Repérer les figures construites sur la **substitution** (en remplaçant un mot par un autre) :
– La **métonymie** désigne un objet par l'une de ses parties ou remplace un terme par un autre auquel il est habituellement associé.
Exemple : « Fer qui cause ma peine » (acte I, scène 6) ;
– La **périphrase** désigne un objet, un être, une notion par une expression développée sans utiliser son nom.
Exemple : « Le Cid » pour nommer Rodrigue.

Séance 6

La question politique chez Corneille

ÉTUDE DE LA LANGUE (Acte II, scènes 6 et 8)

Grammaire

1. Quel est le mode des verbes (acte II, scène 6, v. 234) ? Quelle est la valeur de ce mode ? Quel trait de caractère cela traduit-il chez le roi ?

2. Quel est le mode des verbes (acte II, scène 8, v. 395) ? Pourquoi ce mode n'a-t-il pas la même valeur que dans la scène 6, au vers 234 ?

Orthographe

3. « Fût-il la valeur même » (acte II, scène 6, v. 222). Quel verbe est conjugué ? Justifiez son orthographe.

Vocabulaire

4. Relevez les adjectifs montrant l'orgueil du Comte (acte II, scène 6).

5. Expliquez la phrase « Au milieu de ma cour, il me donne la loi ! ». (acte II, scène 6, v. 219)

LECTURE

Lecture d'ensemble (Œuvre intégrale)

6. Pourquoi le roi est-il placé en tête de la liste des personnages ?

❑ pour son importance dans la pièce

❑ pour son rang social

7. À quel siècle est censé se dérouler *Le Cid* ? Pourquoi le roi est-il seulement roi de Castille ?

8. Complétez le tableau suivant sur la place du roi (créez le nombre de lignes nécessaires).

Actes et scènes	Personnages	Résumé en une phrase de la scène	Quel est le rôle du roi dans la scène ?

9. Pourquoi Chimène s'adresse-t-elle au roi pour venger la mort de son père ?

Lecture linéaire (Acte II, scènes 1 et 6 ; Acte IV, scène 3)

10. Comparez la scène 1 de l'acte II et la scène 3 de l'acte IV. Quelles sont les positions respectives du Comte et de Rodrigue par rapport aux ordres du roi ?

11. Que peuvent représenter ces deux personnages sous le règne de Louis XIII ?

12. La scène 6 de l'acte II peut être coupée en deux parties. Quelles sont-elles ? Quels en sont les deux thèmes ?

13. Quelle est la première décision du roi à l'égard du Comte ?

14. Pourquoi Don Sanche prend-il le parti du Comte ?

Lecture d'image

(Tableau reproduit ci-contre)

15. Quelle impression se dégage du portrait ?

16. Observez la composition de la toile : comment donne-t-on de la profondeur au tableau ? Par quels détails est repris le drapé de la robe ?

EXPRESSION

Expression écrite

17. Imaginez la scène de confrontation entre le roi et le Comtc. Lc Comte, malgré son orgueil, doit céder à l'autorité du roi.

Philippe de Champaigne (1602-1674), Portrait du cardinal de Richelieu, *1635-1639.*

Expression orale

18. Apprenez à deux la scène 2 de l'acte II, en faisant ressortir la vivacité de l'enchaînement des stichomythies.

PATRIMOINE

19. Recherchez quand l'Académie française a été créée.

20. En quelle année Corneille y est-il admis ?

NOTIONS LITTÉRAIRES **La structure théâtrale : exposition, nœud, dénouement**

Une pièce de théâtre est le récit d'une intrigue, sous forme de dialogues : une suite d'événements, appelée action, est représentée sur scène. L'action se décompose en trois grandes parties : l'exposition, le nœud et le dénouement.

– L'**exposition** occupe la ou les premières scènes de la pièce, elle doit contenir tous les éléments nécessaires à la compréhension de la pièce, en présentant les personnages, la situation dans laquelle ils se trouvent et les problèmes qu'ils doivent résoudre. La première scène du *Cid* met en scène Chimène qui espère épouser Rodrigue, une fois que le roi aura choisi le gouverneur de son fils.

– Le **nœud** consiste à imbriquer, avec vraisemblance, les obstacles qui s'opposent aux désirs des héros. Ces changements sont dus à des péripéties, c'est-à-dire des événements extérieurs inattendus qui modifient la situation du héros, l'obligeant à agir. Rodrigue et Chimène voient leurs espérances ruinées par la querelle de leurs pères, ce qui engage Rodrigue dans une voie héroïque malgré son amour.

– Le **dénouement** met fin à l'action, il règle le sort de chacun des personnages et occupe les dernières scènes de la pièce. Chimène doit renoncer à sa vengeance et son mariage avec Rodrigue est annoncé, fin heureuse qui fait du *Cid* une tragi-comédie plutôt qu'une tragédie.

Méthode *Comment analyser une image picturale*

→ **Pour analyser une image, il faut procéder à l'identification de l'image.** Pour cela, on observe ses références, le nom du créateur, l'époque, le lieu d'origine, la nature de l'image (peinture, dessin, bande dessinée, photo, affiche, schéma technique), la technique utilisée (peinture, pastel, crayon, gravure, enluminure, etc.), le but de l'image (décorer, expliquer, argumenter, raconter).

Exemple : La Maigre Compagnie est une peinture de grandes dimensions (4,29 m x 2,09 m), œuvre de Frans Hals et Pieter Codde, peintres hollandais. Ce tableau date de 1637 et représente une compagnie de soldats.

→ **Il faut ensuite déterminer les éléments constitutifs de l'image.** Pour cela, on observe le sujet, la composition, en détaillant les lignes de force structurant l'espace, les plans (premier plan, second plan et arrière-plan) et la perspective, le cadrage (gros plan, plan moyen, plan d'ensemble), les couleurs, les formes et la lumière.

Exemple : La Maigre Compagnie représente dans un plan d'ensemble un groupe de soldats, regroupés sur une ligne horizontale qui occupe la largeur du tableau, mais la ligne dominante est la ligne verticale puisque les hommes sont debout et ont une silhouette longiligne, ce qui a valu son surnom « la Maigre Compagnie » à cette œuvre.

Le duel judiciaire et le dénouement

ÉTUDE DE LA LANGUE

Grammaire

1. Quels sont les types de phrase dominants (acte V, scène 5) ? Qu'expriment-ils ?

2. Quel est le sujet des verbes à l'impératif ? (acte V, scène 5, v. 247-248)

Orthographe

3. Justifiez l'accord des deux participes passés. (acte V, scène 5, v. 255 et 256)

Vocabulaire

4. Quels sont les synonymes courants du verbe « pâmer » et du nom « pâmoison » ? (acte IV, scène 5)

5. Que signifie l'adjectif « charmé » (acte V, scène 5, v. 284) ? Quelle est son étymologie ? Que signifient les mots « charme », « charmeur », « charmant » ? Trouvez des exemples lors desquels ils sont employés dans leur sens premier.

LECTURE

Lecture d'ensemble (Œuvre intégrale)

6. Quelle réaction de Chimène trahit son amour pour Rodrigue ? (acte IV, scène 5)

7. Chimène veut recourir au duel « à tous venants » pour se venger. En quoi consiste cette pratique ? Pourquoi le roi la refuse-t-il ? (acte IV, scène 5)

8. Quel est l'enjeu du duel judiciaire accepté par le roi ? En quoi cela permet-il d'amener un dénouement vraisemblable ? (acte IV, scène 5)

9. Que deviennent les personnages principaux et leurs doubles à la fin de la pièce ?

NOTIONS LITTÉRAIRES
Les bienséances

Le respect des **bienséances** est une des exigences essentielles du théâtre classique : une pièce ne doit pas choquer les spectateurs et respecter leurs exigences morales et les conventions sociales. Le goût classique demande de la modération, il faut donc éviter la grossièreté ou les allusions indécentes. On doit aussi éviter les invraisemblances, les ruptures de ton, ce qui explique la disparition de la tragi-comédie après 1650.

La bienséance exige tout particulièrement qu'on évite les spectacles sanglants, les scènes de cruauté et les duels. On ne doit pas voir le sang couler sur scène : on ne peut donc pas mourir sur scène. La mort, si présente dans la tragédie, se déroule en coulisses. Les récits de mort, comme dans la tirade de Chimène sur la mort de son père, ou de batailles en remplacent le spectacle qui s'incarne dans quelques objets symboliques, comme l'épée. Celle de Rodrigue est d'ailleurs fréquemment brandie sur scène.

Rien n'est donc plus étranger au théâtre classique français que le sang, les cruautés, les indécences et le mélange des genres qui caractérisent le théâtre de Shakespeare.

Lecture linéaire (Acte V, scènes 2, 5 et 6)

10. « Sors vainqueur d'un combat dont Chimène est le prix » (acte V, scène 2, v. 93). Qu'implique ce vers ?

11. Que comprend Chimène à la vue de l'épée de Rodrigue (acte V, scène 5) ? Quel est le résultat de ce quiproquo ?

12. Que désigne chaque groupe nominal (acte V, scène 5, v. 260) ? Quel est le « crime » de Chimène ?

13. Entre les scènes 5 et 6 de l'acte V, observez la répartition des répliques. Qui parle le plus et pourquoi ?

Lecture d'image (Couverture de l'ouvrage)

14. Quel détail montre qu'il s'agit du portrait d'un cavalier ?

15. Quelles sont les lignes dominantes du portrait ? D'où vient la lumière ?

16. Par quels moyens techniques la main et le visage sont-ils mis en valeur ?

EXPRESSION

Expression écrite

17. À l'issue de votre lecture de l'œuvre, faites-en un résumé acte par acte afin de dégager le thème essentiel de chaque acte et d'en établir la progression.

18. Faites, au choix, le portrait d'un des personnages de la pièce en montrant quelles valeurs morales il incarne.

Expression orale

19. Le dénouement du *Cid* vous paraît-il vraisemblable ? Discutez-en en classe en vous appuyant sur les réponses de Corneille dans son *Examen du Cid.* (voir p. 144)

PATRIMOINE

20. Quand et pourquoi le duel a-t-il été interdit en France ?

21. À l'exemple du Comte, certains nobles se révoltent contre Louis XIII. En quoi *Le Cid* peut-il être lu comme un soutien à la politique royale ?

Méthode Comment rédiger une scène de théâtre

➜ **Pour rédiger une scène de théâtre**, il faut prendre en compte les spécificités de ce genre littéraire :
Votre texte ne peut utiliser que du **dialogue** et des **didascalies** : le nom des personnages ne doit en aucun cas être suivi d'un verbe de parole puisqu'il n'y a pas de narrateur au théâtre, ni de paroles rapportées. On n'utilise donc pas de guillemets ou de tirets. Par conséquent, on n'écrira jamais : Chimène s'écrie : « Va, je ne te hais pas ! ».

➜ **Le dialogue théâtral ne relève pas d'un niveau de langue oral**. Il faut faire parler les personnages naturellement sans pour autant adopter un style relâché et familier.
Attention au **respect des contraintes de l'espace et du temps** : une scène ne peut pas retracer une période de temps plus longue que sa durée réelle. L'espace scénique ne permet pas non plus toutes les libertés ; un personnage ne peut, au cours de la même scène, être à la fois, par exemple, dans la maison de Chimène et dans le palais.

TEXTES ET IMAGES DANS LE CONTEXTE

1. Théâtre

RACINE,
***Phèdre* (1677)**
Acte V, scène 5 : le récit de Théramène

Théramène

À peine nous sortions des portes de Trézène, [...]
Un effroyable cri, sorti du fond des flots,
Des airs en ce moment a troublé le repos ;
Et du sein de la terre une voix formidable
Répond en gémissant à ce cri redoutable.
Jusqu'au fond de nos cœurs notre sang s'est glacé ;
Des coursiers attentifs le crin s'est hérissé.
Cependant sur le dos de la plaine liquide
S'élève à gros bouillons une montagne humide ;
L'onde s'approche, se brise, et vomit à nos yeux,
Parmi les flots d'écume, un monstre furieux. [...]
Tout fuit ; et sans s'armer d'un courage inutile,
Dans le temple voisin chacun cherche un asile.
Hippolyte lui seul, digne fils d'un héros,
Arrête ses coursiers, saisit ses javelots,
Pousse au monstre, et d'un dard lancé d'une main sûre,
Il lui fait au flanc une large blessure. [...]

Les chevaux, terrifiés par le monstre, s'emballent et se jettent dans les rochers, causant la mort de leur maître.

Ils courent. Tout son corps n'est bientôt qu'une plaie. [...]
Ils s'arrêtent, non loin de ces tombeaux antiques [...]
J'y cours en soupirant, sa garde me suit.
De son généreux sang la trace nous conduit :

Les rochers en sont teints ; les ronces dégouttantes[1]
Portent de ses cheveux les dépouilles sanglantes.
J'arrive, je l'appelle ; et me tendant la main,
Il ouvre un œil mourant, qu'il referme soudain. [...]

QUESTIONS

1. **En quoi cette tirade est-elle un récit ? Quel temps est commun à cet extrait et au récit de Rodrigue, à l'acte IV, scène 4 ? Quelle est sa valeur ?**
2. **Pourquoi Hippolyte se comporte-t-il en « digne fils d'un héros » ?**
3. **Quelles images provoquent l'horreur et la pitié des spectateurs ?**

Vocabulaire
1. *Dégouttantes :* qui laissent tomber des gouttes.

2. Essai

CORNEILLE,
***Examen du Cid* (1660)**

[Ce mariage] est historique et a plu en son temps. Pour ne pas contredire l'histoire, j'ai cru ne pouvoir me dispenser d'en jeter quelque idée, mais avec incertitude de l'effet, et ce n'était que par là que je pouvais accorder la bienséance du théâtre avec la vérité de l'événement.

Les deux visites que Rodrigue fait à sa maîtresse ont quelque chose qui choque cette bienséance de la part de celle qui les souffre ; la rigueur du devoir voudrait qu'elle refusât de lui parler et s'enfermât dans son cabinet au lieu de l'écouter ; mais permettez-moi de dire avec un des premiers esprits de notre siècle, « que leur conversation est remplie de si beaux sentiments, que plusieurs n'ont pas connu ce défaut, et que ceux qui l'ont connu l'ont toléré ». J'irai plus outre, et dirai que presque tous ont souhaité que ces entretiens se fissent ; et j'ai remarqué aux premières représentations qu'alors que ce malheureux amant se présentait devant elle, il s'élevait un certain frémissement dans l'assemblée, qui marquait une curiosité merveilleuse, et un redoublement d'attention pour ce qu'ils avaient à se dire dans un état si pitoyable. [...]

Je ne puis dénier que la règle des vingt-quatre heures presse trop les incidents de cette pièce. La mort du comte et l'arrivée des Maures s'y pouvaient entre-suivre d'aussi près qu'elles font, parce que cette arrivée est une surprise qui n'a point de communication, ni de mesures à prendre avec le reste ; mais il n'en va pas ainsi du combat de don Sanche, dont le roi était le maître, et pouvait lui choisir un autre temps que deux heures après la fuite des Maures. Leur défaite avait assez fatigué Rodrigue toute la nuit pour mériter deux ou trois jours de repos.[...]

Passons à celle de l'unité de lieu, qui ne m'a pas donné moins de gêne en cette pièce.
Je l'ai placé dans Séville, bien que don Fernand n'en ait jamais été le maître, [...] pour former quelque vraisemblance à la descente des Maures, dont l'armée ne pouvait venir si vite par terre que par eau.[...]
Tout s'y passe donc dans Séville, et garde ainsi quelque espèce d'unité de lieu en général ; mais le lieu particulier change de scène en scène, et tantôt c'est le palais du roi, tantôt l'appartement de l'infante, tantôt la maison de Chimène, et tantôt une rue ou place publique.

QUESTIONS

1. **Quelles sont les règles théâtrales auxquelles il est fait référence dans ce texte ?**
2. **Quel argument Corneille oppose-t-il au manque de bienséance de la rencontre entre les deux amants ?**
3. **Faites correspondre les scènes du *Cid* aux différents lieux évoqués dans l'*Examen du Cid*.**

3. Peinture

FRANS HALS ET PIETER CODDE,
La Compagnie du capitaine Reinier Reael et du lieutenant Cornelis Michielsz Blaeuw, dite La Maigre Compagnie (1637)

QUESTIONS

1. Observez la composition de la toile : quelles sont les lignes dominantes ? Pourquoi a-t-on surnommé ce tableau « La Maigre Compagnie » ?
2. Par quel jeu de contrastes deux personnages sont-ils mis en valeur ?
3. Quels éléments du tableau montrent qu'il s'agit d'une compagnie de soldats ?

LEXIQUE

A

Acmé : point le plus fort de la crise, paroxysme.

Acte : divisions de la pièce, en trois ou cinq mouvements, à l'époque classique.

Action : ce qui se produit sur scène.

Anaphore : procédé d'écriture qui répète un même mot, une même construction en début de phrase ou de proposition.

Aparté : propos tenus par un personnage à part des autres, pour qu'ils ne soient pas entendus d'eux.

Argument : idée servant à défendre un point de vue, une façon de penser.

B

Bienséances : ensemble des règles qui, dans une pièce classique, interdisent la représentation d'actions violentes sur scène.

C

Catharsis : effet de « purification », de « soulagement » des passions, provoqué par la représentation de celles-ci sur scène (mot du vocabulaire tragique).

Commedia dell'arte : comédie italienne inspirée de la comédie latine, fondée sur des « caractères » typiques et l'improvisation. Arlequin, Scapin, Pantalone, Polichinelle sont des figures de cette comédie italienne.

Comédie : pièce mettant en scène des bourgeois ou des gens du peuple, dont le caractère, la situation, doivent faire rire.

Comique : procédé visant à faire rire (comique de situation, de gestes, de mots, de répétition, de caractère).

Coup de théâtre : péripétie qui modifie ou retourne soudainement le cours de l'action.

D

Dénouement : moment de la pièce où les « nœuds » se défont, où les conflits d'intérêt se résolvent.

Didascalie : indication scénique, qui renseigne sur le jeu des acteurs. Vient du nom donné, dans la Grèce antique, à celui qui enseignait.

Double énonciation : message qui s'adresse à deux destinataires distincts dans la même situation d'énonciation.

Drame : toute pièce de théâtre (du grec *drama*, action).

E

Échange argumentatif : dialogue dans lequel des personnages défendent leur point de vue, prennent position, en échangeant des arguments accompagnés d'exemples.

Exposition (scènes d') : les premières scènes de l'acte I qui présentent les personnages, leurs projets, leurs interrogations et leur situation.

F

Farce : pièce d'origine latine qui vise à faire rire par le comique de gestes et de situation.

I

Intrigue : « histoire » construite par l'action des personnages.

M

Mise en abyme : procédé du « théâtre dans le théâtre », qui met un personnage dans une situation de jeu, de « déguisement ».

Monologue : paroles d'un personnage seul en scène, qui font connaître ses pensées, ses sentiments.

N

Nœud : moment de la pièce où apparaissent, où se « nouent » les conflits entre les personnages.

P

Protagonistes : étymologiquement, ceux qui jouent le premier rôle ; par extension, personnages principaux d'une pièce.

Q

Quiproquo : confusion, malentendu sur une identité, un objet, une situation (du latin *qui*, quelqu'un, *pro*, à la place de, et *quo*, quelqu'un d'autre).

R

Règle des trois unités : règles de composition du théâtre classique, selon lesquelles l'action se passe en un seul lieu et en une journée. L'action elle-même doit avoir une unité.

Réplique : propos des personnages, unité du dialogue théâtral.

S

Scène : division de l'acte. Une scène commence avec l'entrée des personnages et se termine avec leur sortie.

Schéma actantiel : représentation des rapports de force entre les personnages.

Stichomythie : répliques très courtes, qui se répondent de façon serrée et très rapide. Elles correspondent à une acmé dans la tension.

T

Tirade : longue réplique.

Troupe : groupe constitué de comédiens qui ont un projet commun, qui travaillent et jouent ensemble.

Tragédie : pièce qui met en scène les passions et les faits héroïques de personnages nobles, victimes de la fatalité. L'issue est la mort d'un ou de plusieurs personnages.

Classiques & Patrimoine

6e

E MONSTRE, AUX LIMITES DE L'HUMAIN
ontes des Mille et Une Nuits
ndersen, *Contes*
ndersen, *La Petite Sirène*
ewis Carroll, *Alice au pays des merveilles*
harles Dickens, *Conte de Noël*
acob et Wilhelm Grimm, *Contes*
omère, *L'Odyssée*
Ime Leprince de Beaumont, *La Belle et la Bête*
t autres contes
harles Perrault, *Contes*

ÉCITS D'AVENTURE
obert Louis Stevenson, *L'Île au trésor*
ules Verne, *Le Tour du monde en 80 jours*

ÉSISTER AU PLUS FORT : RUSES, MENSONGES
T MASQUES
abliaux du Moyen Âge
e Roman de Renart
ean de La Fontaine, *Fables*
olière, *Le Médecin volant*

5e

E CHERCHER, SE CONSTRUIRE – LE VOYAGE ET
'AVENTURE : POURQUOI ALLER VERS L'INCONNU ?
obert Louis Stevenson, *L'Île au trésor*
ules Verne, *Le Tour du monde en 80 jours*

IVRE EN SOCIÉTÉ, PARTICIPER À LA SOCIÉTÉ –
VEC AUTRUI : FAMILLES, AMIS, RÉSEAUX
uy de Maupassant, *Le Papa de Simon*
t 5 nouvelles réalistes et fantastiques
olière, *Le Bourgeois gentilhomme*
olière, *Les Fourberies de Scapin*
olière, *Le Malade imaginaire*
olière, *Le Médecin malgré lui*
olière, *Monsieur de Pourceaugnac*

EGARDER LE MONDE, INVENTER DES MONDES –
MAGINER DES UNIVERS NOUVEAUX
ndersen, *Contes*
ndersen, *La Petite Sirène*
ewis Carroll, *Alice au pays des merveilles*
harles Dickens, *Conte de Noël*
acob et Wilhelm Grimm, *Contes*
Ime Leprince de Beaumont, *La Belle*
t la Bête et autres contes
harles Perrault, *Contes*

GIR SUR LE MONDE – HÉROS, HÉROÏNES
T HÉROÏSMES
a Chanson de Roland
abliaux du Moyen Âge
e Roman de Renart
ristan et Iseut
Chrétien de Troyes, *Lancelot ou le Chevalier de la charrette*
Chrétien de Troyes, *Perceval ou le conte du Graal*
Chrétien de Troyes, *Yvain ou le Chevalier au lion*

4e

SE CHERCHER, SE CONSTRUIRE – DIRE L'AMOUR
Prosper Mérimée, *Carmen*
Alfred de Musset, *Les Caprices de Marianne*
Alfred de Musset, *On ne badine pas avec l'amour*
Edmond Rostand, *Cyrano de Bergerac*
William Shakespeare, *Roméo et Juliette*

VIVRE EN SOCIÉTÉ, PARTICIPER À LA SOCIÉTÉ –
INDIVIDU ET SOCIÉTÉ : CONFRONTATION
DE VALEURS ?
Pierre Corneille, *Le Cid*
Victor Hugo, *Les Misérables*
Molière, *L'Avare*
Molière, *Le Malade imaginaire*
Molière, *Les Précieuses ridicules*

REGARDER LE MONDE, INVENTER DES MONDES –
LA FICTION POUR INTERROGER LE RÉEL
Cinq nouvelles autour de l'histoire des arts
Honoré de Balzac, *Le Père Goriot*
Théophile Gautier, *La Morte amoureuse – La Cafetière*
Huysmans, Maupassant, Mirbeau, Zola, *Nouvelles naturalistes pour interroger le réel*
Guy de Maupassant, *Cinq nouvelles fantastiques*
Guy de Maupassant, *Cinq nouvelles réalistes*
Guy de Maupassant, *Boule de suif*
Guy de Maupassant, *Le Papa de Simon et 5 nouvelles réalistes et fantastiques*
Prosper Mérimée, *La Vénus d'Ille*
Edgar Allan Poe, *Quatre histoires extraordinaires*
Bram Stoker, *Dracula*

AGIR SUR LE MONDE – INFORMER, S'INFORMER,
DÉFORMER ?
Guy de Maupassant, *Bel-Ami*

3e

VIVRE EN SOCIÉTÉ, PARTICIPER À LA SOCIÉTÉ –
DÉNONCER LES TRAVERS DE LA SOCIÉTÉ
Victor Hugo, *Le Dernier Jour d'un condamné*
Voltaire, *Candide*
Voltaire, *Traité sur la tolérance*
Émile Zola, *Au Bonheur des dames*

REGARDER LE MONDE, INVENTER DES MONDES –
VISIONS POÉTIQUES DU MONDE
Guillaume Apollinaire, *Alcools*
Charles Baudelaire, *Le Spleen de Paris*

onception graphique : Muriel Ouziane et Yannick Le Bourg
dition : Anne-Sophie Darlet
lustrations des frises : Benjamin Strickler
éalisation : Nord Compo, Villeneuve-d'Ascq
rédits iconographiques : Couverture et rabats : © Photo Josse/Leemage – Cadre (couverture) :
) Shutterstock – p. 4 : © Leemage – p. 5 : © Leemage – p. 115 © Leemage – p. 119 © Agnès
arda/Agence Enguérand – p. 127 : © Leemage – p. 131 : © Leemage – p. 135 : © Leemage –
. 146-147 : © Leemage.

www.magnard.fr
www.classiquesetpatrimoine.magnard.fr

IMPRIM'VERT
Votre imprimeur agit pour l'environnement

Achevé d'imprimer en février 2018
par «La Tipografica Varese Srl» en Italie
N° éditeur : 2018-0056
Dépôt légal : juin 2012

Certifié PEFC
Ce produit est issu de forêts gérées durablement et de sources contrôlées
PEFC™
PEFC/18-31-264
www.pefc-france.org